中国矿业大学苏轼研究院组织编写

邓心强　李贞／主编

大学生苏轼诗词文诵读精选

中国矿业大学出版社

·徐州·

图书在版编目（CIP）数据

大学生苏轼诗词文诵读精选 / 邓心强，李贞主编
. 一徐州：中国矿业大学出版社，2023. 9

ISBN 978-7-5646-5814-4

Ⅰ. ①大… Ⅱ. ①邓… ②李… Ⅲ. ①苏轼（1036-1101）一古典诗歌一诗歌欣赏②苏轼（1036-1101）一古典散文一文学欣赏 Ⅳ. ① I207.227.441 ② I207.62

中国国家版本馆 CIP 数据核字（2023）第 091514 号

书　　名　大学生苏轼诗词文诵读精选
主　　编　邓心强　李　贞
责任编辑　李士峰　赵　雪
出版发行　中国矿业大学出版社有限责任公司
（江苏省徐州市解放南路　邮编 221008）
营销热线　（0516）83885370　83884103
出版服务　（0516）83995789　83884920
网　　址　http://www. cumtp.com　**E-mail:**cumtpvip@cumtp.com
印　　刷　苏州市古得堡数码印刷有限公司
开　　本　880 mm×1230 mm　1/32　印张 7. 75　字数 148 千字
版次印次　2023 年 9 月第 1 版　2023 年 9 月第 1 次印刷
定　　价　34. 00 元
（图书出现印装质量问题，本社负责调换）

序

中华优秀传统文化是中华文明的智慧结晶和精华所在，是中华民族的根与魂。运用优秀传统文化立德树人，提高大学生文化素养，是大学履行教育使命、培养新时代人才的重要方式，对于回答好“培养什么人、怎样培养人、为谁培养人”等问题具有重大而深远的意义。

早在三十年前，作为一名高校领导和思想政治教育工作者，我曾把理工科高校大学生人文素养方面的问题概括为四个方面：一是专业知识较为系统，但文化素质较差；二是“书生气”十足,但社会适应能力较弱；三是科技指向较明晰，但人文价值缺失较为严重；四是功利意识较为强烈，但终极关怀比较淡漠。我积极呼吁重视这一问题,并大力探索破解之道。令我欣慰的是，经过高校多年的不懈努力与探索，而今这种情况已大为改观。许多高校围绕提高大学生思想道德水平和人文素养提出了一系列创新举措，高校人文教育发生了格局性变化，文化育人成效日益显著。

随着时代的发展，大学人文素养教育进入高质量建设阶段。党的二十大提出了“全面建设社会主义现代化国家”“全面推进中华民族伟大复兴”的历史使命，要求高等教育培养出更多有理想、敢担当、能吃苦、肯奋斗的时代新人，大学生要有高尚的道德修养、扎实的专业基础、宽广的视野、深厚的学识，以及更为突出的人文情怀和审美能力。如何实现优秀传统文化创造性转化和创新性发展，为青年学生健康成长、全面发展提供价值引领和精神动力，这是当前大学人文教育需要思考与探索的重要问题，也是助力大学提升“以文化人、以文育人”质量的关键难题。

信息时代，大学生获取传统文化资源的渠道更加多元，方式更加便捷，但内容良莠不齐，质量不一。许多学生过度依赖手机，陷入碎片化阅读状态，对经典作品的研读、背诵较为缺乏。这种“泛读”方式，使学生难以把握文化精髓，不利于其形成结构化、体系化的知识储备，更难以深入学生心灵，形成稳定持久的价值观，造成其后劲不足、走得不远等现象，因此需要回归阅读经典。经典是传统优秀文化的重要载体，经过历史的选择和时间的积淀，以知识的方式蕴含着人生哲理和价值共识。通过阅读和背诵经典，知识得以记忆，思想和价值得以内化，这是阅读主体主动选择和不断强化的结果，并且在内化的过程中浸染情感，可以影响阅读主体的思维方式、审美趣味乃至表达习惯，更容易培养其创新意识和创造力。这也是大学生在阅读中与文化对话交流，引发共鸣、反思和重构，推动文化融入生活、指导生活的过程，有助于大学生更加深刻而真切地体悟文化的精神魅力和真善美价值。

诵读经典作品，是汲取文化精髓的重要方式，具有方法论的意义。基于此，这本《大学生苏轼诗词文诵读精选》应时而生。苏轼是中华优秀传统文化的典型代表，是中国文学史上少有的诗、词、文兼长的大家，其作品在国内外有重要影响，深得历代读者喜爱。2022年6月8日，习近平总书记在四川考察期间来到眉山市三苏祠，对苏轼作出高度评价，认为“一滴水可以见太阳，一个三苏祠可以看出我们中华文化的博大精深。我们说要坚定文化自信，中国有‘三苏’，这就是一个重要例证”。苏轼将丰富曲折的人生经历和中华民族独特的价值观念通过诗、词、文的方式集中表现出来。他面对跌宕起伏的人生，以厚重、灵动、鲜活的作品，塑造了可亲、可敬、可学、可爱的形象，展示了豁达而理性的人生智慧，传递了美学、哲学等多重意蕴和积极向上的价值追求，在历代读者的反复解读中，传统文化的精华不断呈现，思想和价值得以传承发扬。

徐州是苏轼重要的人生驿站。公元1077—1079年，他出任徐州知州，组织民众抗洪，开矿采煤冶炼等，在关注民生方面做出了卓越的政绩。这期间，他创作了《石炭并引》《浣溪沙五首》《放鹤亭记》等作品320多篇。2011年，中国矿业大学在国内高校首先成立苏轼研究院，推进了东坡文化研究、传播和育人工作。在以研促教、以文育人的过程中，他们这次精选苏轼作品102篇，形成了《大学生苏轼诗词文诵读精选》一书。此书所选篇章中蕴含的审美精神、道义原则、艺术价值，具有超越历史、国家、民族的永恒意义，无论过去、现在还是将来，都是中国乃至人类重要的精神源泉。一代文豪苏轼的理想信念、审美意识、人格胸襟和人文情怀等，都融入在这些篇章中，背诵这些作品，读者将在熏陶、浸染、共鸣中获得延绵不绝的审美体验和人生感悟。我们相信，这些作品一旦融入当代大学生的血液，必将影响他们的观念、提升他们的境界，助推他们的成长和发展。

一个人的阅读史就是他的精神发育史、心灵成长史。拥有高质量的作品，才能确保阅读成效。读书，要读最优秀的作品，与伟大的灵魂进行对话。《大学生苏轼诗词文诵读精选》选入的作品皆是精品。该书有三个突出特点：一是所选多是名篇，脍炙人口；二是篇幅短小精悍，适宜背诵、朗读；三是每篇作品附有注释和简析，便于理解和赏析。诵读，也是大学生进行学术训练、深度汲取文化核心内涵的基础。英国哲学家培根说过："有的书只读其中一部分即可，有的书只知其中梗概即可，而对于少数好书，则要精读、细读、反复地读。"中国古人强调，"书读百遍，其义自见"。要使一篇好文章、一段精彩的文字给自己留下深刻的印象，真正化为自己的精神养料，最好的办法还是背诵。只有烂熟于心，才能出口成章，写文章才能信手拈来。这也是实践早已证明的最高效、最便捷的办法。青年时代多背诵一些好文章，肚里储备点"墨水"，将会终生受益，正如苏轼所说："腹有诗书气自华。"著名数学家华罗庚、苏步青等不仅在数学领域有突出成就，而且在诗词写作方面也有很深造诣，积累了丰厚的文学修养。青年大学生的记忆力强、精力充沛，每天抽出几分钟，背诵一首小诗或一篇短文，既可陶冶性情，又可积累才学，为将来的发展创造条件，何乐而不为呢？

这也是《大学生苏轼诗词文诵读精选》选编者的初衷。

《大学生苏轼诗词文诵读精选》作为一个文化载体，不是一本研究苏轼的学术专著，而是一本传播苏轼诗文的普及性读本，可以作为通识教育中有关苏轼课程的辅助教材，可以作为参考资料为文学爱好者提供一些借鉴，也可以作为大中学校学生的课外读本，总之受众广泛，其作用和意义是可以预期的。基于以上理由，我愿意将它推荐给大家，共同分享。

是为序。

罗承选

2023 年 6 月于中国矿业大学

目　录

诗.

词.

文.

第一部分

诗

春　宵[1]

春宵一刻值千金，花有清香月有阴[2]。

歌管楼台声细细，秋千院落夜沉沉[3]。

【注释】

① 春宵：此诗也有版本为《春夜》。亦喻指可贵的欢乐时光。

② 月有阴：指月光在花下投射出朦胧的阴影。

③ 沉沉：深沉貌。

【简析】

此诗出自《东坡七集》，具体创作年代不详。苏轼在这首诗中，以清新的笔调刻画了春天的美好夜色和富贵人家享乐的场景。前两句点明春夜美景：春天的夜晚十分美丽，花儿飘香，月色醉人，光阴宝贵，一刻千金。后两句写的是富贵人家尽情享乐的情景：夜色已经很深，院落已经沉寂，但富贵人家还在楼台中享受弦乐歌舞、声色犬马的欢乐，把良辰美景和赏心乐事都占全了。作者在描写中不无讽刺之意，全诗明白如话却又立意深沉，诗句华美而含蓄，耐人寻味，特别是“春宵一刻值千金”一句，成了千古传诵的名句，常被人们用来形容良辰美景的暂短和珍贵。

王维吴道子画

何处访吴画？普门与开元[①]。

开元有东塔，摩诘留手痕[②]。

吾观画品中，莫如二子尊。

道子实雄放，浩如海波翻。

当其下手风雨快，笔所未到气已吞。

亭亭双林[③]间，彩晕扶桑暾[④]。

中有至人谈寂灭[⑤]，悟者悲涕迷者手自扪[⑥]。

蛮君[⑦]鬼伯千万万，相排竞进头如鼋[⑧]。

摩诘本诗老，佩芷袭芳荪[⑨]。

今观此壁画，亦若其诗清且敦。

祇园弟子尽鹤骨[⑩]，心如死灰[⑪]不复温。

门前两丛竹，雪节贯霜根[⑫]。

交柯乱叶动无数，一一皆可寻其源。

吴生虽妙绝，犹以画工论。

摩诘得之以象外，有如仙翮谢笼樊[⑬]。

吾观二子皆神俊，又于维也敛衽[⑭]无间言。

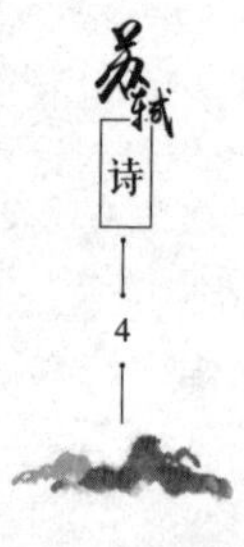

【注释】

①“普门”句：普门寺和开元寺，都在陕西凤翔。

② 手痕：手迹，开元寺的东塔上有王维的画。

③ 双林：吴道子画中的两株娑罗树。

④ 扶桑暾(tūn)：古代神话中的日出之处。暾，太阳升起。

⑤“中有”句：至人，至高无上的人，指释迦牟尼佛。寂灭，佛家语，“涅槃”的意译，意谓超脱世间，入于不生不灭之境。

⑥ 手自扪：以手捶胸，这是形容听者未解寂灭之意时的状态。

⑦ 蛮君：天竺国的君王。

⑧ 鼋(yuán)：大鳖。

⑨“佩芷”句：佩、袭，穿戴。芷、荪，香草。这是以美人佩带香草的形象来形容王维的诗风。

⑩“祇(qí)园”句：祇园弟子，佛徒。鹤骨，形容佛徒的清瘦。

⑪ 心如死灰：《庄子·齐物论》：“形固可使如槁木，而心固可使如死灰乎?”此处指佛门弟子六根清净、断绝尘念，内心孤寂。

⑫“雪节”句：形容竹子内在的清劲品格，不单指其颜色。

⑬“有如”句：以鸟飞离樊笼比喻王维的画突破形似而

获得神似。翮(hé),鸟翎的茎,即指鸟。谢,离开。笼樊,鸟笼。

⑭ 敛衽(liǎn rèn):整理衣襟,是表示尊敬的做法。

【简析】

此诗是《凤翔八观》组诗之三,嘉祐六年(1061)苏轼任陕西凤翔签判时所作。这首诗表达了苏轼对王维和吴道子两位著名画家绘画艺术的观感和评价。开首六句,交代王、吴二人画迹所在地点,并对二人成就作概要评价。“道子实雄放”之下十句,概括了吴画“浩如海波翻”的雄放风格、运笔时的气概以及吴画生动的形象和情态。“摩诘本诗老”以下之十句,写王维的画,抓住王画“画中有诗”这一精神特质,对王维的人品、气质和画风都给予了充分的肯定,并对画中的人物情态和景物进行了生动的描写,指出这些画面都具有“清且敦”的艺术风格。诗末六句对王、吴二人之画进行了总体评价,认为吴画虽“妙绝”,但只是画工的高超艺术;而王画“得之以象外”,形声兼备,物与神游。以上评价,也反映了苏轼脱略形迹、追求象外意境的美学思想。这首诗以七言为主,适当间以五言,整体形成谐美的旋律,气势雄健,韵调富有节奏感。全篇都在发挥诗题,起结分合条理清晰完整。开篇似话家常,语调从容,中间写吴道子一层,形象奇突,如峰峙涛涌,使人悚异;而写王维一层,景象清疏,如行云流水,自然而意蕴深远,结尾又觉余音袅袅,悠扬无尽。正

如清代纪昀评此诗:“奇气纵横,而句句浑成深稳。作诗若不如此,则节节板对,不见变化之妙耳。”

和子由[①]渑池怀旧

人生到处知何似?应似飞鸿踏雪泥。

泥上偶然留指爪,鸿飞那复计东西。

老僧[②]已死成新塔[③],坏壁[④]无由见旧题[⑤]。

往日崎岖还记否,路长人困蹇[⑥]驴嘶。

【注释】

① 子由:苏轼之弟苏辙,字子由。苏辙有《怀渑池寄子瞻兄》一诗,本诗乃是苏轼对此诗所作的和诗。

② 老僧:指僧人奉闲。

③ 新塔:僧人死后造小塔来储藏其火化后留下的骨灰。

④ 坏壁:破损的墙壁。

⑤ 旧题:嘉祐元年(1056),苏轼与苏辙应举经过渑池时曾寄宿奉闲僧舍并题诗于壁。

⑥ 蹇(jiǎn):跛脚。

【简析】

此诗作于嘉祐六年(1061)年底,苏轼出任凤翔府(今陕西凤翔)签判。这一年十一月,苏轼兄弟二人在郑州西门外分别后,苏辙作《怀渑池寄子瞻兄》诗,苏轼依原韵而和之。苏轼这时赴凤翔路过渑池,回忆起当年和寺中奉闲和尚所见以及在壁上的题诗,这些都不复存在,于是有感而发。诗的前四句感叹人生无常,像雪泥鸿爪,转瞬已了无痕迹,这个比喻取神似而非形似,十分新颖、生动传神而富有哲理。千百年来,"雪泥鸿爪"已被人们广泛接受而成为习用的成语。后四句照应"怀旧"的诗题。颈联感叹生死壁坏,故人不可见,旧题无处寻,今昔对比,人世的沧桑变化,呼应了"雪泥鸿爪"的感触,强化了主题。尾联两句回应了苏辙的诗意,由当年旅途的艰辛化为温情的回忆和对兄弟的深情厚谊。全诗在"怀旧"中蕴含对兄弟的一种宽慰:人生就像大雁一样,到处奔波,这是必然,而停在何处又是偶然。所以我们为命运而各奔东西,无须计较,不用放在心上。这首诗语调明快、意境恣逸、自由舒卷、比喻精巧,是苏轼七律中的千古名篇。

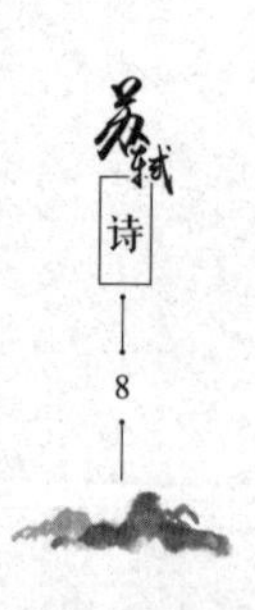

守　岁

欲知垂尽[①]岁，有似赴壑[②]蛇。
修鳞[③]半已没，去意谁能遮。
况欲系其尾，虽勤知奈何。
儿童强不睡，相守夜欢哗。
晨鸡且勿唱，更鼓畏添挝[④]。
坐久灯烬[⑤]落，起看北斗斜[⑥]。
明年岂无年，心事恐蹉跎[⑦]。
努力尽今夕，少年犹可夸。

【注释】

① 垂尽：快要结束。

② 壑(hè)：山谷。

③ 修鳞：蛇身上光滑的鳞片，此处指长蛇的身躯。

④ 挝(zhuā)：敲击。

⑤ 灯烬：灯花，烧过了的灯芯。

⑥ 北斗斜：指时间已夜半。

⑦ 蹉跎：虚度光阴。

【简析】

这首纪事诗嘉祐七年(1062)作于凤翔，与其他两首《馈岁》《别岁》均寄其弟苏辙，旨在勉励自己及弟惜时如金。“欲知”六句写岁已将尽，虽欲尽力挽回，但徒劳无益，作者用形象的蛇赴深壑喻时间不可留，暗示要自始至终抓紧时间做事，免得时间过半，虽勤也难补于事。中间六句写守岁的情景。一个“强”字写出儿童过除夕的特点，明明想打瞌睡，却还要勉强欢闹，害怕晨鸡鸣叫和更鼓敲催。最后四句表明守岁有理，应该爱惜将逝的时光，结尾两句化用白居易“犹有夸张少年处”，含有积极奋发的意味，是点睛之笔，使全诗精神陡然振起，意在勉励自己，努力应从今日始，不要让抱负付诸东流，时不我待，莫负韶华。

和董传[1]留别

粗缯大布[2]裹生涯，腹有诗书气自华。

厌伴老儒烹瓠叶[3]，强随举子踏槐花[4]。

囊空不办寻春马，眼乱行看择婿车。

得意犹堪夸世俗，诏黄新湿字如鸦[5]。

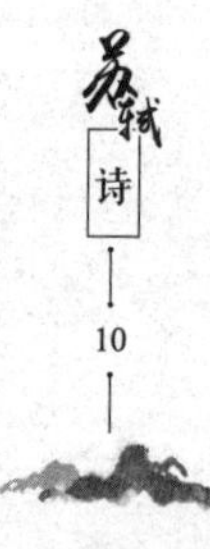

【注释】

① 董传：字至和，洛阳人，曾在凤翔与苏轼交游，宋神宗熙宁二年（1069）卒。

② 粗缯（zēng）大布：粗缯，粗制的丝织品。大布，麻制的粗布。

③“厌伴”句：倦于陪伴老儒一块儿清谈学礼。瓠（hù）叶，瓠的叶子，可以做菜。据《诗经·小雅·瓠叶》载：“幡幡瓠叶，采之亨之。君子有酒，酌言尝之。”又据《后汉书·儒林传》载，东汉时刘昆时常教习弟子演戏儒家礼仪，每年春秋祭祀时，用瓠叶做祭祀品。

④ 踏槐花：唐代有“槐花黄，举子忙”的俗语，槐花落时，也就是举子应试的时间了，后将参加科举考试称为“踏槐花”。

⑤“诏黄”句：新下的诏书，上面的墨迹尚未干，就像乌鸦一样黑。诏黄，即诏书。鸦，比喻诏书上黑色的墨迹。

【简析】

治平元年（1064），苏轼罢凤翔府签判任还朝，经过长安时与董传话别而作此诗。这首诗前四句生动地刻画了董传这个宋代读书人的形象：生活困顿而饱读诗书，粗布加身却掩盖不住才华横溢，倦于学习古代的礼仪，也随大流参加科举考试希望出人头地，争取实现自己的人生目标。四句诗在展现董传满腹经纶儒雅之气的同时，也隐含着苏轼对董传在困窘和失意的境况下，依然保持乐观、豁达的欣赏，以及不甘平庸、不坠青云之志的肯定。颈联则是借用孟郊《登科后》的典故：“春风得意马蹄疾，一日看尽长安花。”这是说董传虽不能像孟郊那样骑马看花，但却有机会被“择婿车”环绕。尾联两句，苏轼继续鼓励董传，希望他有朝一日可以金榜题名，以“夸世俗”。这首诗虽然是赠给董传的，但也形象生动地展现了古代读书人的形象、修养、奋斗和追求，“腹有诗书气自华”既是苏轼对董传的评价，也可以看作苏轼内心的自我认知。这句话在后世广为流传，经典地阐述了读书、修养与气质的关系。此诗语言诙谐传神，对仗工整，用典贴切、精巧，意蕴含蓄，读后让人印象深刻。

石苍舒[1]醉墨堂

人生识字忧患始，姓名粗记可以休。
何用草书夸神速，开卷惝恍[2]令人愁。
我尝好之每自笑，君有此病何年瘳[3]。
自言其中有至乐[4]，适意无异逍遥游。
近者作堂名醉墨，如饮美酒销百忧。

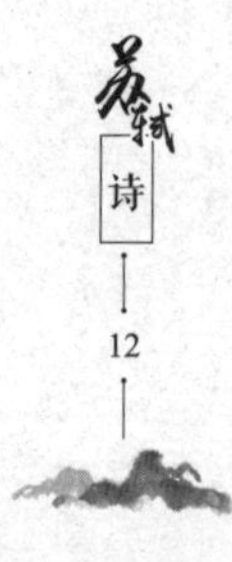

乃知柳子语不妄，病嗜土炭如珍羞[5]。
君于此艺亦云至，堆墙败笔如山丘。
兴来一挥百纸尽，骏马倏忽踏九州。
我书意造[6]本无法，点画信手烦推求[7]。
胡为议论独见假[8]，只字片纸皆藏收。
不减钟张君自足，下方罗赵我亦优[9]。
不须临池更苦学，完取绢素充衾裯[10]。

【注释】

① 石苍舒：字才美，京兆（今西安）人，善草隶书，人称“草圣三昧”。

② 惝恍（chǎng huǎng）：模糊不清，这里形容草书变化无端。

③ 瘳（chōu）：病愈。

④ 至乐：最高层次的快乐。与下句的“逍遥游”，都是《庄子》中的篇名。

⑤“乃知”二句：承“君有此病”而出，意思是柳宗元所说的话不错，对草书之喜好乃是一种病癖，与病心腹而嗜土炭者相同。柳子，即柳宗元，其《报崔黯秀才论为文书》：“凡人好辞工书者，皆病癖也”“吾尝见病心腹人，有思啖土炭、嗜酸咸者，不得则大戚”。

⑥ 意造：以意为之，自由创造。

⑦ 推求：指研究笔法。

⑧ 假：宽容，这里是作者的自谦。

⑨“不减”二句：石苍舒的书法可以与钟、张相比，我的书法也比罗、赵略胜一筹。“钟张”指钟繇、张芝，皆汉末著名书法家。“罗赵”指罗晖、赵袭，皆汉末书法家。

⑩“不须”二句：化用张芝典故，张芝人称“草圣”，据说张芝家里的衣帛，必定先用来写字，然后才染色做衣服。他临池学书，每天在池里洗笔，池水都成黑色了。这里反用此典，与篇首调侃戏谑相呼应。

【简析】

这首诗熙宁二年(1069)作于汴京(今河南开封)。此诗作者先以调侃戏谑的语气，称誉石氏草书的神妙，其间又融入其对人生、政治生涯的感慨。诗中道出自己与对方同样是好书成癖，且以《庄子》篇名，表达进行书法创作时所感受到的无上快乐与精神自由。然后点出对方作堂起名“醉墨”的深刻、美好用意，再进一步具体而生动地称赞石氏通过“堆墙败笔如山丘”的苦练，使书法艺术达到至精至粹的程度，以至获得创作的喜悦。诗中提出草书创作应崇尚自然的观点，即摆脱羁绊，放笔快意，追求创作的最大自由。诗中诗人对自己书法的自谦之语应该理解为自信，甚至是自负。最后反用古人典实作结，与篇首

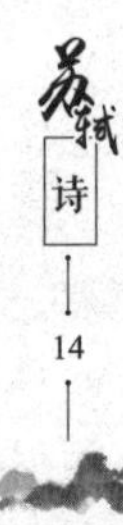

调侃戏谑前后呼应。全诗信笔点染，融叙事议论抒情为一体，形象生动，纵横捭阖，多使用书史典故而无堆砌炫才之意，使议论精彩有力且出神入化。

游金山寺[①]

我家江水初发源，宦游直送江入海[②]。

闻道潮头一丈高，天寒尚有沙痕在[③]。

中泠[④]南畔石盘陀[⑤]，古来出没随涛波。

试登绝顶望乡国，江南江北青山多。

羁愁畏晚寻归楫[⑥]，山僧苦留看落日。

微风万顷靴文细，断霞半空鱼尾赤[⑦]。

是时江月初生魄[⑧]，二更月落天深黑。

江心似有炬火明，飞焰照山栖鸟惊[⑨]。

怅然归卧心莫识，非鬼非人竟何物？

江山如此不归山，江神见怪惊我顽。

我谢江神岂得已，有田不归如江水[⑩]。

【注释】

① 金山寺：在今江苏镇江西北长江边的金山上，宋时山在江心。

② “我家”二句：我的家乡地处长江初始发生之源头，为官出游却随江水滚滚飘然东入海。古人认为长江的源头是岷山，苏轼的家乡眉山在岷江边上。

③ “闻道”二句：听说长江涨潮时潮水的浪峰有一丈多高，天气寒冷时沙上还可见潮水留下的痕迹。

④ 中泠：泉名，在金山西北。

⑤ 石盘陀：形容石头突兀不平的样子。

⑥ “羁愁”句：旅愁缠绕又担心天晚，忙着寻找归船。

⑦ “微风”二句：微风吹皱水面，泛起的波纹像靴子上的细纹，落霞映在水里，如金鱼重叠的红鳞。

⑧ 初生魄：新月初生。苏轼游金山在农历十一月初三，所以这么说。

⑨ “江心”二句：江水中央好像有盏明亮的烛火，飞腾的火焰映照山中，使栖宿的鸟都惊动起来。

⑩ “我谢”二句：我向江水致谢并保证，宦游做官是不得已而为之，如有田地可耕，必将辞官归隐，此心江水可鉴！谢，致谢。如江水，古人有指水为誓的习惯，取明白如水的意思，也有不可逆转的意思。如《晋书·祖逖传》载祖逖“中流击楫而誓曰：‘祖逖不能清中原而复济者，有如大江！’”

【简析】

这首七言古诗写于宋神宗熙宁四年（1071）十一月。苏轼因与王安石政见不合，自请外放，任杭州通判，途经润州（今镇江）金山寺，访宝觉、圆通二僧，夜宿寺中，有感而作此诗。诗中并没有写金山寺的庙宇庭院，而是举目四望江中之景，其中乡愁始终相伴。“江南江北青山多”，语境宏阔，感慨亦深。“微风”二句，写水纹和晚霞，比喻生动新颖，显示了作者敏锐的观察力和丰富的想象力。而月落之后的江心炬火，亦真亦幻，神奇莫测，人生能遇此奇观，亦是一大幸事。整首诗以浓挚的思乡之情贯穿全篇，反映了作者对现实政治和官场生涯的厌倦，希望归隐田园的心情。这首诗具有“以文入诗”的特点，除“微风”“断霞”二句对仗外，其他均为单行散句。但也正因如此，诗人写作获得了自由，文思如行云流水，随意而发，却不失自然跌宕之妙。此诗虚实结合，幻景与现实相结合，意象巧妙，变化莫测。

腊日[①]游孤山[②]，访惠勤、惠思二僧

天欲雪，云满湖，楼台明灭山有无[③]。

水清出石鱼可数，林深无人鸟相呼。

腊日不归对妻孥，名寻道人[④]实自娱。
道人之居在何许？宝云山前路盘纡。
孤山孤绝谁肯庐？道人有道山不孤。
纸窗竹屋深自暖，拥褐坐睡依团蒲[⑤]。
天寒路远愁仆夫，整驾催归及未晡[⑥]。
出山回望云木合[⑦]，但见野鹘盘浮图[⑧]。
兹游淡薄欢有余，到家恍[⑨]如梦蘧蘧[⑩]。
作诗火急追亡逋[⑪]，清景一失后难摹。

【注释】

① 腊日：民间传统节日，南北朝时腊日已固定在农历十二月初八。

② 孤山：在杭州西湖中稍西，一峰耸立。

③“楼台”句：楼台和山在阴天的云雾中，似乎看得见，却又瞧不清。

④ 道人：指惠勤和惠思，此处是对二僧的尊称。

⑤“拥褐”句：惠勤与惠思裹着僧衣，正在蒲团上打坐。褐，粗布衣服，这里指僧衣。团蒲，即蒲团，和尚坐禅的用具。

⑥ 晡（bū）：申时，黄昏以前。

⑦ 云木合：云和树迷蒙成为一片。

⑧ 浮图：塔。中国旧无塔，佛教传入后，梵文中的“塔”

字被音译作“浮屠”“浮图”“佛图”等。

⑨ 恍：恍惚。

⑩ 蘧（qú）蘧：情景俱在。

⑪ 亡逋（bū）：逃亡者。

【简析】

熙宁四年 (1071) 冬，苏轼任杭州通判不久，游孤山访惠勤、惠思后作此诗。诗的首五句描写诗人途中所见景色：天将下雪，湖面乌云密布，青山若隐若现，树林幽深，溪水清澈，游鱼来往，鸟儿喧闹。诗人仿佛置身于迷蒙中，其实他的心境犹如清泉一样透彻。从“腊日”到“拥褐”八句，写寻山访僧，先是交代他出行的原因。今天是腊日，并未在家陪伴妻儿，说是去寻访僧人，其实也是为自娱自乐，借深山之景来排遣心中的郁结。而诗人到了僧人所居之地，并未描写见面过程，反倒大幅描绘僧人所居之处的幽旷与生活之淡泊，揭示了僧人品格的高尚。从“天寒”到“但见”四句诗人返程出山，回望山中景色，树木都笼罩着烟云，一片模糊。这时有一只野鹘在佛塔上空盘旋，此情此景，颇有情趣。末尾四句，诗人描写归家之后的感受。回到家后，诗人仍旧神思恍惚，仿佛刚从梦中醒来，山中的情景还历历在目，于是急忙提笔写下了这首诗，恐怕稍有延迟，那清丽的景色和沁人的心境便从脑海消失，再难描摹。全诗笔调淡雅清新，声韵别致欢快，诗中有画，意境优美，显现出诗人对景物敏锐的观察能力和再现景物的表现技巧。

六月二十七日望湖楼[①]醉书五绝

其　一

黑云翻墨[②]未遮山，白雨[③]跳珠乱入船。

卷地风来忽吹散，望湖楼下水如天。

【注释】

① 望湖楼：古建筑名，又叫看经楼，位于杭州西湖畔，五代时吴越王钱弘俶所建。

② 翻墨：打翻墨水，形容云层很黑。

③ 白雨：指夏日阵雨的特殊景观，因雨点大而猛，在湖光山色的衬托下，显得白而透明。

【简析】

本诗写于熙宁五年（1072）夏。这是一首脍炙人口的七绝，记录了苏轼游湖过程中突逢阵雨的经历和景色。诗中"黑云翻墨""白雨跳珠"形成强烈的色彩对比，给人

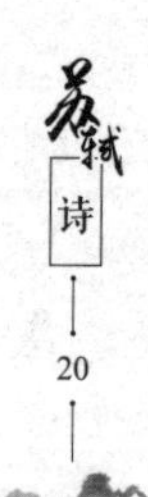

以很强的质感，且比喻运用得灵活生动却不露痕迹。“卷地风来忽吹散，望湖楼下水如天”二句把天气由骤雨到晴朗之转变描绘得生动传神：风吹云散，水天一色，眼前一亮，境界大开，神清气爽。当时苏轼宦途失意，滞留江海，只好顺其自然、随遇而安。这两句既是对西湖阵雨过后景色变换的描写，也是苏轼自求解脱、期待命运转换的一种期盼。

吴中①田妇叹

今年粳稻熟苦迟，庶见②霜风来几时。

霜风来时雨如泻，杷③头出菌镰生衣④。

眼枯泪尽雨不尽，忍见黄穗卧青泥。

茅苫⑤一月垅上宿，天晴获稻随车归。

汗流肩赪⑥载入市，价贱乞与如糠粞⑦。

卖牛纳税拆屋炊，虑浅不及明年饥。

官今要钱不要米，西北万里招羌儿⑧。

龚黄⑨满朝人更苦，不如却作河伯妇⑩！

【注释】

① 吴中：这里指湖州，三国时属吴，故称吴中。

② 庶见：庶，庶几。表示推测之意。

③ 杷：同“耙”，一种有齿的梳状农具。

④ 衣：指铁器上的锈。

⑤ 茅苫（shān）：茅草编扎的蓬盖。

⑥ 赪（chēng）：红色。

⑦ 粞（xī）：碎米。

⑧ 招羌儿：招抚西北边境的羌人。

⑨ 龚黄：龚遂、黄霸，都是汉代官吏，较能体恤人民。此用反语。

⑩ “不如”句：当今妇女生活悲惨，还不如当年被强行投入漳河中作河伯妇。战国时期，魏国漳河边上邺县的土豪劣绅和巫婆勾结，以给漳河河伯娶妻办喜事为名，每年把一个年轻女子推入漳河，借机敛财，此举成为最令当地年轻妇女恐怖的事情，西门豹治理邺县时结束了这一场灾难，详见《战国策·西门豹治邺》。

【简析】

此诗熙宁五年（1072）冬作于湖州。苏轼借吴中田妇的口吻描绘了江浙一带农民的悲惨生活，控诉揭露了北宋的社会问题和民生困蹙，对农民的不幸寄予深切的同情。“今年”四句写风霜淫雨给麦熟带来的麻烦，作者俨然一个熟谙节气与稼穑的老农。“眼枯泪尽”读来震憾人心，农民把庄稼视作命根子，眼见一年辛勤化为乌有，怎能不揪心绝望呢？“茅苫”二句写收稻时的忙碌。“汗流”二句写卖米之难，正是谷贱伤农。“卖牛”二句写农民辛劳一年，落得卖牛拆屋的结果，令人想起《诗·豳风·七月》中“无衣无褐，何以卒岁”的哀叹。“官今”四句，笔锋直指当时的统治者和贪官污吏。“龚黄满朝”，用反语作讽刺，说明北宋冗官满朝，民不聊生。全诗层次分明，抒情间以议论，情真意切，在客观描述中渗透着诗人强烈的人道主义情怀。

法惠寺[①]横翠阁

朝见吴山[②]横，暮见吴山纵。
吴山故多态，转折为君容[③]。
幽人起朱阁，空洞更无物。
惟有千步冈[④]，东西作帘额[⑤]。
春来故国归无期，人言秋悲[⑥]春更悲。
已泛平湖思濯锦，更看横翠忆峨眉[⑦]。
雕栏能得几时好，不独凭栏人易老。

百年兴废更堪哀，悬知[8]草莽化池台[9]。

游人寻我旧游处，但觅吴山横处来。

【注释】

① 法惠寺：故址在杭州清波门外，旧名兴庆寺，五代时吴越王钱氏所建。

② 吴山：一名胥山，以旧时山上有伍子胥祠而得名，又叫城隍山，在今杭州西南。

③ “转折”句：打扮好以后，转换不同的角度，让你欣赏。这是把吴山比作美女，化用“女为悦己者容”的典故。

④ 千步冈：指吴山。

⑤ 帘额：门窗上挂的帘子，悬在上端。这是把吴山比作法惠寺的帘额。

⑥ 人言秋悲：宋玉《九辩》：“悲哉秋之为气也！萧瑟兮草木摇落而变衰。”

⑦ “已泛”二句：平湖，指西湖。濯锦，江名，即锦江。相传成都织成的锦，在这条江中洗濯后，颜色更加鲜明，因此称为濯锦江，简称锦江。因苏轼是四川人，所以他从西湖和吴山联想到锦江和峨眉山。

⑧ 悬知：预先知道。

⑨ 草莽化池台：倒装句，即池台化为草莽。

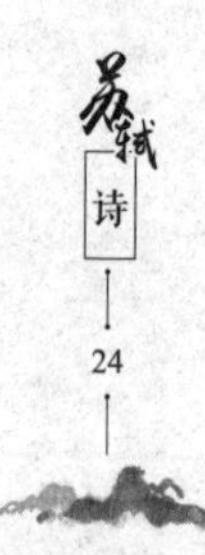

【简析】

这首诗作于熙宁六年（1073）一月，苏轼时任杭州通判。全诗起笔即绘吴山之景。“朝见”两句“朝”与“暮”、“横”与“纵”两两相对，“多态”两字从总体上把握住了吴山晨昏变化下的神态和韵味。前四句没有对一景一物的具体摹写，只是从大处落笔，给人以整体感。“幽人”两句为下文作了铺垫，并巧妙地点破题意，说明诗人摹写吴山态势，正是以横翠阁为基。“惟有”两句，诗人用夸张和比喻的手法，把延绵的吴山喻为横遮在阁前的一幕翠帘。从“春来”到“更看”四句写由吴山之美惹动思乡之情。“雕栏”四句由朱阁之美不能长存引发光阴易逝、人生易老的感叹。最后两句诗人设想，自己这次吴山之行将与吴山共存，后来的游人一定会寻觅我此次的游览踪迹，在留恋之中流露出乐观和旷达之情。

新城[1]道中二首

其　一

东风知我欲山行，吹断檐间积雨声。

岭上晴云披絮帽[2]，树头初日挂铜钲[3]。

野桃含笑竹篱短，溪柳自摇沙水清。

西崦④人家应最乐，煮芹烧笋饷春耕⑤。

【注释】

① 新城：县名，位于杭州富阳西南新登镇，距杭州约一百三十里。

② 絮帽：丝棉做的头巾。

③ 钲（zhēng）：古代乐器，形状像锣。

④ 西崦（yān）：指杭州西山。

⑤ 饷（xiǎng）春耕：给耕地的人送饭。饷，用饮食招待人。

【简析】

本诗是熙宁六年（1073）春苏轼去往新城途中所写，全诗两首，这里选第一首。诗用拟人和比喻的手法描写了雨后的山村景色：一片生机盎然、新鲜活泼的自然风光和幸福充实的田园生活。首联一句“东风知我欲山行”，从一开始就注入诗人的主观意识，传递给读者的除了景之美，还有诗人主观的愉悦之情。中间四句，着重写景。此四句语言形象生动，对仗精美，尤其是“岭上晴云披絮帽，树头初日挂铜钲”，比喻非常贴切、精彩，给人以直观的审美和无限的想象，构成了一幅东风和煦、雾霭缭绕、

花叶繁茂、生动秾丽的春景图。尾联由自然风光的描写转入对山人及其生活的叙述，更增添了田园生活的喜庆。全诗抒发了诗人热爱自然风俗、热爱生活的情感。

于潜[1]僧[2]绿筠轩

可使食无肉，不可使居无竹。

无肉令人瘦，无竹令人俗。

人瘦尚可肥，俗士不可医。

旁人笑此言，似高还似痴。

若对此君[3]仍大嚼[4]，世间那有扬州鹤[5]？

【注释】

① 于潜：今浙江临安境内，县南有寂照寺，寺中有绿筠轩。

② 僧：名孜，号慧觉，在于潜县寂照寺出家。

③ 此君：指竹子。语出《晋书·王徽之传》："王徽之字子猷……尝暂寄人空宅住，便令种竹。或问：'暂住何烦尔？'王啸咏良久，直指竹曰：'何可一日无此君？'"。

④ 大嚼：语出曹植《与吴季重书》：“过屠门而大嚼，虽不得肉，贵且快意。”比喻得不到却用不切实际的方法来安慰自己。

⑤ 扬州鹤：语出《殷芸小说》，大意是有客相从，各言所志，有的是想当扬州刺史，有的是愿多置钱财，有的是想骑鹤上天，成为神仙。其中一人说：他想“腰缠十万贯，骑鹤上扬州”，兼得升官、发财、成仙之利。

【简析】

此诗是熙宁六年（1073）苏轼任杭州通判期间所作，诗人借绿筠轩幽雅的环境歌颂高雅情趣，批评物欲俗骨。“可使食无肉，不可使居无竹”，诗人开首两句用“可使”“不可使”这两个强烈的词语抒发了对竹的喜爱和赞美。接着四句指出不可缺竹的原因：竹的存在使主人品位提升，是主人高雅品质的象征。诗人在这里用美德与美食作对比，突出了精神食粮的宝贵和不可或缺。后面四句是诗人对于俗士“似高似痴”的调侃和嘲讽，并用“若对此君仍大嚼，世间那有扬州鹤”反诘他们：又想追名逐利、贪图富贵，又想情趣高雅，追慕仙风道骨，世上哪有这样物欲与雅趣兼而得之的美事呀！本诗以议论为主，立意巧妙，别出心裁，用典贴切，联想丰富，同时，此诗句式变化丰富，语言大俗大雅，生动活泼，其趣味性和哲理性兼而有之。

饮湖上初晴后雨二首

其　二

水光潋滟[①]晴方[②]好，山色空蒙[③]雨亦奇。

欲把西湖比西子[④]，淡妆浓抹总相宜。

【注释】

① 潋滟：水波荡漾、波光闪动的样子。

② 方：正。

③ 空蒙：细雨迷蒙的样子。蒙，一作“濛”。

④ 西子：西施，春秋时代越国著名的美女。

【简析】

此诗是熙宁六年(1073)苏轼于杭州任上所作，全诗共两首，这里选的是第二首。从古到今，吟咏西湖的诗词很多，而这是最为人们称道和传诵的一首。前两句写西湖的晴雨景色：西湖水光粼粼的样子在晴天正好，烟雨蒙蒙之中群山的景色亦是新奇无比。后两句抒发诗人的感慨：用新奇生动的比喻，把西湖想象成西施，认为西湖应该和西施一样，淡妆或是浓妆都是十分合适的，表达出其对游览西湖时所见美景的赞美。这个比喻新鲜、形象、空灵，历代文人骚客都认为它是对西湖最恰当、最传神的评语。陈衍在《宋诗精华录》中评此诗后二句:“遂成为西湖定评。”于是,西湖从此也有“西子湖”之别称。

花 影

重重叠叠[1]上瑶台[2],几度呼童[3]扫不开。

刚被太阳收拾去[4],却教明月送将[5]来。

【注释】

① 重重叠叠:形容花影交错铺展的样子,很浓厚。

② 瑶台:神话中仙人居住之地,此处指华贵亭台。

③ 童:家童,男仆。

④ 收拾去:拟人手法,指日落后花影消失。

⑤ 将:语气助词,用于动词“送”之后,没有实际意义。

【简析】

此诗熙宁九年(1076)作于密州。这是一首咏物诗,苏轼借吟咏花影抒发自己想有所作为却又无可奈何的心情。苏轼借光和影的变化抒情,巧妙地将自己内心感情的变化寓于花影的变化之中。花影本来很美,但诗人却

"几度呼童"打扫，无奈总扫不开，仔细品味会发现暗含其对花影不喜欢的态度，因此才有接下来两句的意思，因太阳落山而消失的花影又因月亮出来而重新出现，苏轼对此无疑是苦恼的。此时他外任密州知州，政治上失意，只能用拟人手法借花影上瑶台来暗喻小人居高位，拂之不去，也表达自己空有抱负而无从施展的无奈。全诗构思巧妙含蓄，比喻新颖贴切，语言出神入化又通俗易懂。

和文与可[1]洋川园池三十首　筼筜谷[2]

汉川[3]修竹贱如蓬，斤斧何曾赦箨龙[4]？
料得清贫馋太守，渭滨千亩在胸中。

【注释】

① 文与可：文同（1018—1079），字与可，号笑笑居士，人称石室先生，北宋著名画家、诗人，以学名世，擅诗文书画。

② 筼筜（yún dāng）谷：在洋县城西北十里，文同知洋州时，曾在谷中筑披云亭。筼筜，一种高大的竹子，皮薄，节长而竿高。

③ 汉川：指汉水流域，汉水一称汉江，是长江最大的支流，源出陕西省宁强县北蟠冢山。

④ 箨（tuò）龙：竹笋的异名。

【简析】

这首诗是苏轼《和文与可洋川园池三十首》组诗中的第二十四首，作于他任密州知州期间，一般认为写于熙宁九年（1076）。文与可既是苏轼的从表兄，又是儿女亲家，二人相交甚厚，经常以诗文往来。文与可的原诗写出了筼筜谷茂竹的长势“千顷翠盖”“万杆绿枪”，以及他临谷观竹时的欣喜之情。苏轼在北方的密州，无茂林修竹，眼前无景，于是避实就虚，另辟蹊径。苏轼不正面描写翠竹的形象和品格，而是慨叹翠竹这样的有用之材，竟被视为蓬草，遭到斧斤斩杀，以竹暗喻可贵的人才。这两句不仅概括了文与可原诗的基本内容，而且更为深沉。但苏轼并不想过多地引起友人的不愉快，而是笔锋一转，以富有情趣的笔触以谐寓庄，说筼筜谷竹笋颇多，清贫的太守恐怕已经吃了千亩的竹笋了。苏轼在《文与可画筼筜谷偃竹记》中写道：“予诗云：‘汉川修竹贱如蓬，斤斧何曾赦箨龙。料得清贫馋太守，渭滨千亩在胸中。’与可是日与妻游谷中，烧笋晚食，发函得诗，失笑喷饭满案。”可见它在被和者心中已经引起强烈的审美效应。这一联诗的另一层意思是说，文与可这位著名的墨竹画家，生活环境得

天独厚，早已“成竹在胸”。

和孔密州五绝　东栏梨花

梨花淡白柳深青①，柳絮②飞时花满城。

惆怅东栏③一株雪④，人生看得几清明⑤。

【注释】

① 柳深青：柳叶呈深青色，意味着春意浓。

② 柳絮：柳树的种子，外表附有白色绒毛，随风飘荡。

③ 东栏：东边的栏杆，指诗人当时在徐州庭院门口的栏杆。

④ 雪：这里喻指盛开似雪的白色梨花。

⑤ 清明：清澈明朗。

【简析】

此诗选自苏轼《和孔密州五绝》，熙宁十年（1077）四月作于徐州。孔密州即孔宗翰，字周翰，继苏轼知密州。这是一首惜春兴叹的七言绝句。诗人开篇从宏观的视角展示了一幅春日胜景图。梨花淡白，柳色深青。纷飞的柳絮如雪花般满城飞舞。“一青”“二白”形成鲜明对比，清新雅致，颇有美感。首句侧重青、白色彩对比，是为静态描写；第二句“柳絮飞时花满城”则为动态描写，柳絮似花飘飞，灵动飘逸。诗人将梨花喻为“一株雪”，洁白的花瓣实为清明的意蕴，诗人在感叹梨花落尽的春愁时，也徒增一抹惆怅。这美好的花朵在初春盛开，又在暮春凋谢化作泥土。人生又有几个这样清明的光景？诗人顿生春光易逝、人生苦短的感叹。另外，诗人也寄寓于清澈明朗的未来人生，这实为苏轼心清高远的真实写照。

李思训[1]画《长江绝岛图》

山苍苍，水茫茫，大孤小孤[2]江中央。
崖崩路绝猿鸟去，惟有乔木搀天[3]长。
客舟何处来？棹歌[4]中流声抑扬。
沙平风软望不到，孤山久与船低昂[5]。
峨峨两烟鬟[6]，晓镜开新妆。
舟中贾客莫漫[7]狂，小姑[8]前年嫁彭郎[9]。

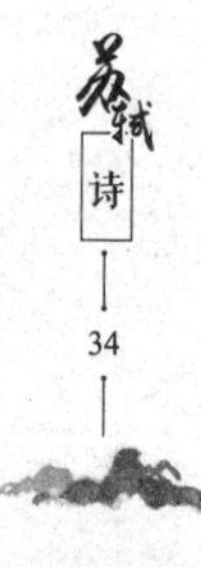

【注释】

① 李思训：唐宗室，李林甫的伯父，官职武卫大将军，

时人称他为“李将军”。唐代著名画家，尤其善于画山水峰峦，笔格道劲，意境隽永、奇伟。

② 大孤小孤：大孤指大孤山，又名鞋山，在江西鄱阳湖与长江交界处，孤峰独峙。小孤指小孤山，又名髻山，在彭泽县北，屹立江中，与大孤山遥遥相对。两山皆为形胜之地。

③ 搀天：参天，高耸入天。

④ 棹歌：舟子行舟所唱之歌。

⑤ 低昂：犹俯仰。

⑥“峨峨”句：峨峨，高耸貌。两烟鬟，比喻烟雾缭绕的两座孤山，犹如女子头上的两个发髻。

⑦ 漫：胡乱，随便。

⑧ 小姑：小孤山。

⑨ 彭郎：谓澎浪矶，在小孤山对岸。

【简析】

这是苏轼于元丰元年（1078）为李思训《长江绝岛图》所作的一首题画诗。本诗巧妙地把诗情与画面融为一体，诗中有画，画中有诗；既有对景物的实写，又有虚写与想象，而且静中有动，让人仿佛身临其境，随江波一起一伏而时仰时俯。诗人还利用比喻、拟人、谐音、双关等表现手法将“小姑嫁彭郎”的传说与舟中的商客联系起来，富有情趣，回味无穷。此外，本诗蕴藉优美、句式参差错落，形成了瑰丽圆转、舒缓起伏、悠扬和谐的声韵节奏，恰好与客舟荡漾、山川俯仰的情景相呼应，使诗的境界与乐感得到了完美的统一。

中秋见月和子由

明月未出群山高，瑞光千丈生白毫[①]。
一杯未尽银阙[②]涌，乱云脱坏如崩涛。
谁为天公洗眸子，应费明河千斛水。
遂令冷看世间人，照我湛然心不起。
西南火星如弹丸，角尾[③]奕奕苍龙蟠。
今宵注眼看不见，更许萤火[④]争清寒。
何人舣舟临古汴，千灯夜作鱼龙变[⑤]。
曲折无心逐浪花，低昂赴节随歌板。
青荧灭没[⑥]转山前，浪飐风回岂复坚。
明月易低人易散，归来呼酒更重看。
堂前月色愈清好，咽咽寒螿[⑦]鸣露草。
卷帘推户寂无人，窗下咿哑惟楚老。
南都从事[⑧]莫羞贫，对月题诗有几人？

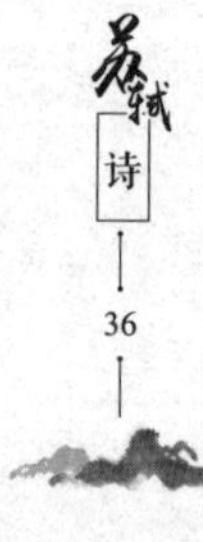

明朝人事随日出，恍然一梦瑶台客。

【注释】

① 白毫：此处指明月白色的光芒。

② 银阙：天上宫阙，传说为仙人或天帝所居，此处代指明月。

③ 角尾：角和尾均为星宿名。

④ 萤火：微弱的灯光。

⑤“何人”二句：舣舟，泊舟，使船靠岸。古汴，古汴河，由郑州开封流经徐州，合泗水入淮河，此指徐州汴泗合流之处。鱼龙，形容灯火相连的景象。

⑥ 青荧灭没：青荧指青光闪映的样子，灭没指无影无声。

⑦ 寒螀：古书上说的一种蝉，比较小，墨色，有黄绿色的斑点，秋天出来鸣叫。

⑧ 南都从事：指苏轼弟苏辙。从事，古官名，是苏辙为南京（今河南商丘）签判，与古代从事相当，苏辙原诗有：“南都从事老更贫，羞见青天月照人。”

【简析】

此诗元丰元年（1078）八月作于徐州。这首诗共十四联二十八句，可谓中秋诗中的长篇。诗从月升写到月落，既形象地描绘了中秋之月，又生动地记述了中秋人事。诗中“一杯未尽银阙涌，乱云脱坏如崩涛”气势堪壮，“谁为天公洗眸子，应费明河千斛水”想象独特，“千灯夜作鱼龙变”“低昂赴节随歌板”出自民间习俗，从“明月易低”到末尾，写家庭赏月的欢乐和温馨，以及对远方弟弟的思念和宽慰。针对苏辙之诗《中秋见月寄子瞻》中两句“南都从事老更贫，羞见青天月照人”，苏轼说“南都从事莫羞贫，对月题诗有几人”。诗人劝弟弟莫羞贫，像你我这样对月题诗的没有几人，明朝人间百事又将随着日出开始它的兴衰更替，我们今天的一切都不过是在梦中做了一回瑶台的客人。此诗表达了诗人对盈虚有数、变化难定天道的认识和人生如梦的感叹。全篇情景交融，诗情顿挫，低回中转酣畅，激越中出哀婉。此外诗句清新，畅谈有志，想象绮丽，比喻新颖，实为中秋咏月诗中上乘之作。

九日黄楼作

去年重阳不可说，南城夜半千沤发。
水穿城下作雷鸣，泥满城头飞雨滑。
黄花白酒无人问，日暮归来洗靴袜。

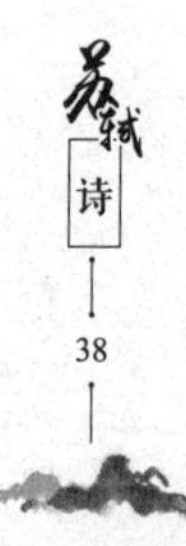

岂知还复有今年，把盏对花容一呷[1]。

莫嫌酒薄红粉陋，终胜泥中千柄锸[2]。

黄楼新成壁未干，清河已落霜初杀。

朝来白露如细雨，南山不见千寻刹[3]。

楼前便作海茫茫，楼下空闻橹鸦轧[4]。

薄寒中人老可畏，热酒浇肠气先压。

烟消日出见渔村，远水鳞鳞山齾齾[5]。

诗人猛士杂龙虎[6]，楚舞吴歌乱鹅鸭[7]。

一杯相属君勿辞，此景何殊泛清霅[8]。

【注释】

① 呷(xiā)：吸而饮，此指饮酒。

② 锸(chā)：铁锹，掘土的工具。

③ 刹(chà)：指寺庙、佛塔，此处指佛塔。

④ 鸦轧：同“轧鸦”，摇橹声。杜牧《登九峰楼》：“归棹何时闻轧鸦。”

⑤ 齾齾(yà)：参差起伏貌。齾，缺齿。

⑥ “诗人”句：座中的诗人猛士都是驰名的英雄豪杰。苏轼自注“作客三十余人多知名人士。”龙虎喻英雄豪杰。

⑦ “楚舞”句：楚舞优美、吴歌动听，与黄楼前渔村鸭鹅喧闹之声互相呼应。

⑧ 清霅(zhá)：水名，在今浙江湖州南。

【简析】

此诗元丰元年 (1078) 九月九日重阳作于徐州。苏轼领导徐州军民战胜一场特大洪水之后，在徐州东门修建黄楼以镇河水。黄楼落成后，他邀请各界知名人士参加竣工盛典。宾客们纷纷以诗酒助兴，苏轼自己也即兴创作了这首著名的诗篇。从“去年重阳”到“千柄锸”可以看作诗的上半部分，苏轼倒叙了去年秋天的情景：大雨滂沱，洪水围城，千沤齐发，水穿城下，涛声如雷，泥满城头……当时虽是重阳时节，苏轼没有时间和心情去赏花饮酒。“日暮归来洗靴袜”这一细节生动地再现了他带领军民抗洪的勤勉和辛苦。“岂知”四句将思路从去年转到当下，和去年相比，能从容“把盏对花容一呷”已非常满足了，所以他诙谐地说：请大家不要嫌弃徐州条件简陋，尽管没有好酒与佳人，也比去年泥中挥锸、生死未卜好多了。自“黄楼新成”到结尾，是全诗的下半部分，正面描写黄楼上所见秋日的景致和聚会的场面。先写徐州城外远景，后写近景，展开一幅清疏淡远的渔村画面。最后又回到黄楼聚会的主题，诗人猛士，饮酒赋诗，加上楚舞吴音，一片喜乐欢快的场景。最后两句苏轼再次劝酒，希望大家尽兴，同时指出徐州的山水风景也很好啊，与湖州的霅溪一样美不胜收。全诗在热情欢快的气氛中结束，给读

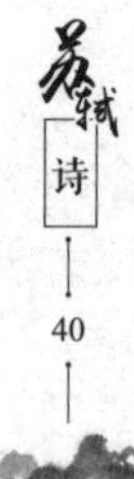

者留下了一个回味无穷的黄楼聚会。

苏轼此诗作，思路飘逸，变化莫测，开篇先写过去，不提现实，却以过去反衬现实；中间写黄楼聚会现场，又是先远景后近景，以远景渲染近景；最后结语，不写黄楼，专写清霅，更以清霅衬托黄楼。清纪昀《纪评苏诗》（卷十七）论“笔笔作龙跳虎卧之势”，大概就是这个意思。同时还需要指出的是，苏轼此诗飘逸但不杂乱，围绕黄楼重阳这一主题脉络清晰，一以贯之，让人读后对千年前的这场盛会留有深刻的印象。

登云龙山

醉中走上黄茅冈①，满冈乱石如群羊②。
冈头醉倒石作床，仰看白云天茫茫。
歌声落谷秋风长③，路人举首东南望，
拍手大笑使君④狂。

【注释】

① 黄茅冈：云龙山西麓的山冈。

② “满冈”句：暗用黄初平叱石为羊的典故。据《神仙传》

云：魏晋时黄初平牧羊，随道士入金华山。其兄寻来，只见白石，不见有羊。初平叱之，石皆成羊。此句亦可看作写实：乱石隐约茅草中似群羊。

③“歌声”句：歌声落于山谷中，被秋风传送得更悠长。

④ 使君：汉代称刺史为使君，后用作对州郡长官的尊称，此处是自谓。

【简析】

此诗作于元丰元年 (1078) 九月，苏轼时任徐州知州。期间，他在彭城举办了黄楼集会，邀请了王巩、颜复、张天骥等众多好友欢聚一堂，会后结伴登云龙山共赏美景，苏轼欣喜万分，趁酒抒怀，遂有此诗。作为一首七言诗，它属于柏梁体，不同于律诗隔句押韵，而是句句押韵，一韵到底，在韵律上凸显出高亢的气势。诗的首二句写诗人在微醺的状态下走上黄茅冈，看到满山冈的石头如群羊一般，错落有致，此处变静为动，把“乱石”形象化，这样一幅热闹的画面，与诗人此时之情甚是相称。三、四句写诗人醉卧石床仰望星空的潇洒神态，五六句情绪升华，进一步渲染“歌声落谷”和“路人举首”是借景从另外一个视点抒写了诗人的豪情。最后一句是诗人的醉意，一个“狂”字把诗人的真情勾画得淋漓尽致，充分展现了诗人至真至美的形象，使整个登山画面更加生动活泼，生机勃勃。诗篇动静结合，虚实相连，情景交融，豁达高远，风格独特，是一首难得的书写诗酒乐事的名篇。

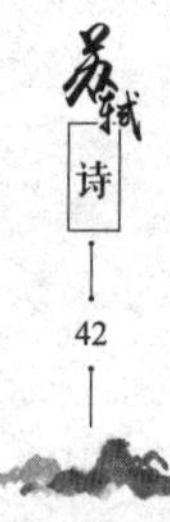

百步洪[1]二首并叙

王定国访余于彭城。一日，棹小舟，与颜长道携盼、英、卿三子游泗水，北上圣女山，南下百步洪，吹笛饮酒，乘月而归。余时以事不得往，夜著羽衣，伫立于黄楼上，相视而笑，以为李太白死，世间无此乐三百余年矣。定国既去逾月，余复与参寥师放舟洪下，追怀曩游，已为陈迹，喟然而叹。故作二诗，一以遗参寥，一以寄定国，且示颜长道、舒尧文，邀同赋云。

其一

长洪斗落生跳波，轻舟南下如投梭。
水师绝叫凫雁起，乱石一线争磋磨。
有如兔走鹰隼落，骏马下注千丈坡。
断弦离柱箭脱手，飞电过隙珠翻荷。
四山眩转风掠耳，但见流沫生千涡。
崄中得乐虽一快，何异水伯夸秋河[2]。
我生乘化日夜逝，坐觉一念逾新罗[3]。
纷纷争夺醉梦里，岂信荆棘埋铜驼[4]。
觉来俯仰失千劫，回视此水殊委蛇[5]。

君看岸边苍石上，古来篙眼如蜂窠。

但应此心无所住，造物虽驶如吾何[6]？

回船上马各归去，多言譊譊[7]师所呵[8]。

【注释】

① 百步洪：又名徐州洪，在今徐州城东南，为泗水所经徐州城外一段，乱石激涛，水势湍急，颇为壮观，今已不存。洪，指为石所阻激、湍急难行舟的河流。

② "崄中"二句：险中得乐虽是一快，但与河伯夸秋河无异，实微不足道。崄，同"险"，奇险之中。水伯，河伯。秋河，《庄子・秋水》："秋水时至，百川灌河；泾流之大，两涘渚崖之间，不辩牛马。于是焉河伯欣然自喜，以天下之美为尽在己。顺流而东行，至于北海。东面而视，不见水端。于是焉河伯始旋其面目，望洋向若而叹曰：'野语有之曰："闻道百，以为莫己若"者，我之谓也。'"

③ "我生"二句：此两句感叹人生短暂，时光飞逝，转眼之间如历千劫。乘化，顺应自然的变化。坐，于是。一念，一刹那。新罗，新罗国，在今朝鲜半岛。

④ 荆棘埋铜驼：《晋书・索靖传》载："靖有先识远量，知天下将乱，指洛阳宫门铜驼叹曰：'会见汝在荆棘中耳！'"后用此典喻世事巨变。

⑤ "觉来"二句：梦醒之后俯仰之间已经过了无数的生

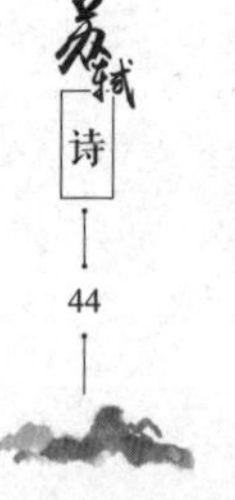

灭循环，回头再看这迅疾的水流就显得缓慢从容了。觉来，梦醒，觉悟。委蛇(yí)，从容自得的样子。

⑥“但应”二句：若不凝滞于物，心无所执着，则造物虽驶，亦可不忧不惧不为所动。《金刚经》载：“应无所住，而生其心。”《六祖坛经》曰：“无住为本。”

⑦ 诜诜(náo)：喧嚷争辩。

⑧ 师所呵：师，指参寥。呵，斥。诗叙云：“一以遗参寥”，故归结到参寥。

【简析】

此诗作于元丰元年(1078)十月，是苏轼在徐州期间的绝佳作品，在其一生的诗歌创作中也属上乘，这里选的是第一首。苏轼许多诗都有序，而这首诗序尤为重要，它不仅生动地介绍了作者游览百步洪的背景、缘由，还表达了其神与物游兴尽悲来的精神体悟，与诗作本身构成不可分割的有机整体。本诗表达了诗人对人生有限、宇宙无穷的感慨，也就是《赤壁赋》中所表达的“哀吾生之须臾，羡长江之无穷”之意。诗的上半部分写水波的飞腾气势和行舟于波涛上的惊险情景，“有如”四句，通过几个绝佳的比喻，随物赋形，活泼传神地展现了百步洪波涛的场景，有声有势，渲染入神。在苏轼之前，百步洪默默流淌了千百年，但只有到了苏轼的笔下，它才得以充分显示出自己的个性和魅力！从“崄中得乐”到结尾，是诗人的体验和感悟，面对波涛汹涌的百步洪，他想到了庄子笔下孤陋寡闻而自夸的河伯，想到了精骛神驰有飞舟所不及者，想到了人生飞逝而短暂，转眼之间如历千劫，治乱兴衰都如一梦。人生应当忘却一切执着，达到“心无所往”的境界。全诗超凡脱俗，富有理趣，具有很高的认识价值和审美价值，值得后人予以充分的关注和思考。

石　炭并引

彭城旧无石炭。元丰元年十二月，始遣人访获于州之西南白土镇[①]之北。以冶铁作兵[②]，犀利胜常云。

君不见前年雨雪行人断，城中居民风裂骭[③]。

湿薪半束抱衾裯，日暮敲门无处换[④]。

岂料山中有遗宝，磊落[⑤]如礐[⑥]万车炭。

流膏迸液[⑦]无人知，阵阵腥风自吹散。

根苗一发浩无际，万人鼓舞千人看。

投泥泼水愈光明，烁玉流金见精悍。

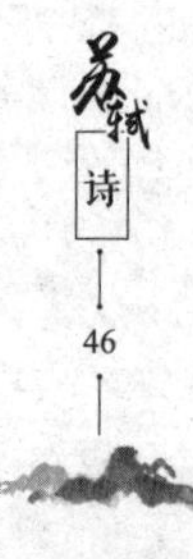

南山栗林渐可息，北山顽矿何劳锻[8]。

为君铸作百炼刀，要斩长鲸为万段。

【注释】

① 白土镇：今属安徽萧县。苏轼所开煤矿，后称孤山矿，直到20世纪70年代因地下水太多而停止开采，持续900年之久。

② 作兵：制造兵器。烧煤火力坚久，利于兵器冶锻。

③ 骭(gàn)：胫骨，即小腿骨。

④ “湿薪”二句：用一衾裯尚不能换得半捆湿柴，杜甫《秋雨叹三首(之二)》也有类似的描写：“城中斗米换衾裯，相许宁论两相值?”衾，大被。裯(chóu)，帐。《诗·召南·小星》：“抱衾与裯。”

⑤ 磊落：众多貌。

⑥ 瑿(yī)：黑色美石。

⑦ 流膏迸液：谓炭质极美，有膏油流出。

⑧ “北山”句：有如此高质量的燃料，何愁炼铁锻造了。顽矿，指难炼之矿石。北山顽矿，指徐州北之利国铁矿。

【简析】

此诗并引元丰元年(1078)十二月作于徐州。诗前小序，简洁明了地记载了苏轼在徐州发现石炭(煤炭)这一重大事件的各个要素。诗的前首四句以令人揪心的语言形象生动地描绘了徐州城内大雪封路，居民在刺骨的寒风中抱着被子和帐子想换取一些湿柴却无处可得的情况，这种燃料极度匮乏的惨状牵动着诗人的心。中间八句描写人们找到了煤炭，面对堆积如山的万车乌金，万众欢腾的喜悦场面。同时点出了石炭燃烧发热功能非常强的特点。此外，从“流膏迸液无人知，阵阵腥风自吹散”两句诗的描写中可知，当年发现的这种矿应是一个埋藏很浅的露头矿或露天矿，常年风吹雨打如同“流膏迸液”一样。末尾四句点出石炭的发现对于山林的休养生息以及铁矿石的冶炼、兵器的锻造、国防的加强都具有重大意义。纵观全诗，用词精准贴切，描写生动精彩，充满感情，气势磅礴，读来令人感动和振奋。还需要指出的是，《石炭并引》是一篇记叙重大事件的纪实性诗篇。它把纪实与抒情完美地结合起来，在夹叙夹议中为徐州经济文化的发展留下了一段重要的史实，为苏轼在徐州情系百姓、关注民生，留下了真实可靠的记录，是苏轼遗爱徐州的重要佳话。

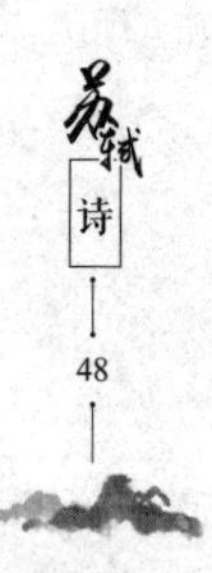

送蜀人张师厚[1]赴殿试二首

其　二

云龙山[2]下试春衣，放鹤亭[3]前送落晖。

一色杏花三十里，新郎君[4]去马如飞。

【注释】

① 张师厚：眉州（今四川眉山）人。元丰二年（1079）路过徐州拜谒苏轼得其推荐后赴京参加殿试。

② 云龙山：在徐州城南二里，放鹤亭建于其上。

③ 放鹤亭：云龙山人张天骥所建。

④ 新郎君：新进士之别称。

【简析】

此诗写于元丰二年 (1079) 二月。当时苏轼任徐州知州，张师厚特来徐州拜谒苏轼以期得到举荐。苏轼在云龙山上的放鹤亭为张师厚设宴并赋诗以壮行。诗的前两句点名时间和地点。云龙山春天刚刚来临，早春二月，人们换去冬装，试着穿上春天的衣衫，在放鹤亭前落日的余晖中，荡漾着一派轻快愉悦之感。后两句着重抒发送别之情，在绵延三十里的杏花中宴请张师厚，提前祝贺新进士快马加鞭赴京参加殿试金榜题名。“杏花”与“飞马”两个意象，一静一动，相辅相成，生动地勾画出一幅新进士在花海之中策马奔腾的图景。林语堂曾说苏轼真正的政治生命是从徐州开始的。苏轼在徐州短短两年，激情和抱负都得到充分展现，可以说是他“激情燃烧的岁月”，所以他对同乡加晚辈的拜访自然带着热情的期盼和鼓励，因而这首诗虽然是一首送别诗，却少有一般送别诗的离愁别绪。全诗节奏明快，欢愉之情跃然纸上，直白中深有意蕴，幽默中富有情怀，充满了美好的祝愿，洋溢着春天的盎然气息。

罢徐州，往南京[1]，马上走笔寄子由五首

其　三

古汴从西来，迎我向南京。
东流入淮泗，送我东南行[2]。
暂别还复见，依然有余情。
春雨涨微波，一夜到彭城。
过我黄楼下，朱栏照飞甍[3]。
可怜洪上石，谁听月中声[4]。

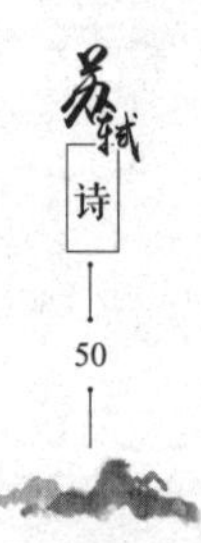

【注释】

① 南京：今河南商丘。

② 东南行：苏轼调任湖州，要逆汴水向西，先到商丘，然后再东南行，沿汴水入泗水、淮河，直到湖州。

③ 甍（méng）：屋脊。

④“可怜”二句：可惜无人如我再在百步洪石上听月下之水声矣！可怜，可惜。洪，百步洪，在徐州城东泗水上。月中声，月光下的流水声。

【简析】

此诗作于元丰二年（1079）三月。题目已经交代，当时苏轼接到调任后，随即动身离开徐州，取道南京去见时任南京签判的弟弟苏辙。苏轼在途中写了五首小诗给苏辙，这里选的是第三首。此首表达了苏轼自己对徐州的一往情深。从“古汴”到“余情”为上半部分。苏轼借咏叹汴水来抒发自己对徐州的情怀。两年前，苏轼和苏辙从京城沿着汴水东来徐州，而今又将和弟弟见面后转回来，再沿汴水顺流而下，前往江南的湖州。这一“迎”一“送”之间，诗人不仅简要地勾勒了自己的大致行程路线，也表达了自己浪迹萍踪的感受。从“春雨”到结尾为下半部分。作者的思绪承上而下，渐转深婉：在迷蒙的春雨中，上涨的汴河水一夜之间就会流到彭城，接着从“汴泗交流”的彭城想到了凝聚他自豪之感的黄楼，又从黄楼联想到城外不远处的百步洪，进而想到本人即将远行，百步洪犹在，可是谁还会像我一样在月光下再细听那彻夜不停的流水声。后半部分表达了诗人“雪泥鸿爪”“人生如寄”的感受，也给读者留下了无尽的遐想和感动。通观全诗，没有一处用典，但由于作者对汴水、彭城、黄楼、百步洪注入了深厚的情感，使无情之物也饱含深情，所以这首小诗格外深婉动人，意味绵长，正如纪昀所说：“此首气局浑成，文情亦极宛转。”(《纪评苏诗》卷一八)

陈季常[1]所蓄《朱陈村嫁娶图》[2]二首

其　一

何年顾、陆[3]丹青手[4]，画作《朱陈嫁娶图》。

闻道一村惟两姓，不将门户买崔、卢[5]。

其　二

我是朱陈旧使君[6]，劝农曾入杏花村。

而今风物那堪画，县吏催租夜打门。

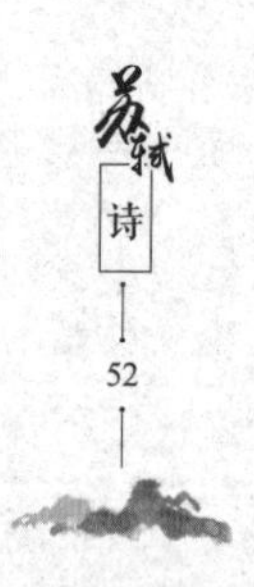

【注释】

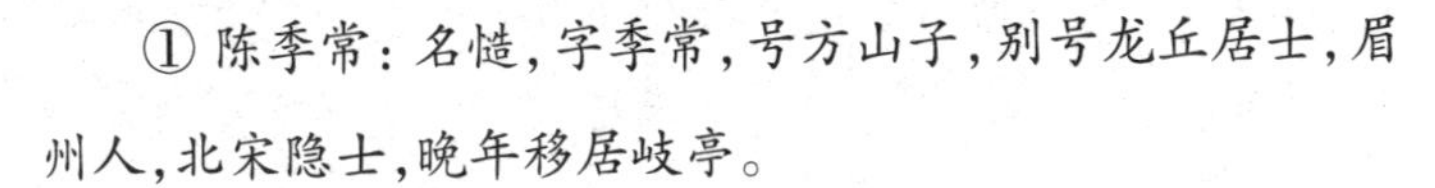

① 陈季常：名慥，字季常，号方山子，别号龙丘居士，眉州人，北宋隐士，晚年移居岐亭。

②《朱陈村嫁娶图》：朱陈村在安徽萧县白土镇，一村只有朱陈两姓，世代通婚。白居易曾作《朱陈村》一诗，用优美的笔墨描写朱陈村男耕女织、宁静和平的生活图景，也成为画家笔下的题材，五代十国时前蜀人赵德元根据白居易《朱陈村》诗绘成《朱陈村嫁娶图》，此画被陈季常收藏。

③ 顾、陆：顾恺之、陆探微，为晋代有名的画家，二人皆善绘人物。

④ 丹青手：指画师。

⑤“不将”句：不将，不把，不用。门户，犹门第。买，购买，买进。引申为用金钱或其他手段取得。崔、卢是指崔姓和卢姓，是南朝时梁朝和陈朝的高门贵族。这里泛指名门望族。

⑥ 旧使君：苏轼曾在熙宁十年(1077)到元丰二年(1079)做过两年徐州知州，作此诗时已离开徐州，被贬为黄州团练副使，故云“旧使君”。使君，唐宋时对州郡长官的别称。

【简析】

元丰三年 (1080) 正月，苏轼被贬谪到黄州，途中经过岐亭，在陈季常家留住五日，看到赵德元所画的《朱陈村嫁娶图》，于是写下了这两首诗。前一首诗回顾《朱陈村嫁娶图》产生的过程，以及苏轼对《朱陈村嫁娶图》的推崇；咏叹古时朱陈村两姓自由通婚，不与名门望族攀婚附嫁的淳朴民风。后一首诗从自己的生活回忆片断落笔，赞美朱陈村昔日的安定生活，诗意由过去引入现在，指出朱陈村萧条破残的现状，源于官府的横征暴敛。这两首诗在写法上各有特点，前者照顾题画，勾勒画中之景；后者则在画外做文章，题画却不拘泥于画，而是借题发挥。“而今风物那堪画，县吏催钱夜打门”，一个遭贬的罪臣，敢于如此直面现实，尖锐地批判时政，勇气可嘉，饱含对村民的深切同情。

雨晴后，步至四望亭[①]下鱼池上，遂自乾明寺前东冈上归，二首

其　一

雨过浮萍[②]合，蛙声满四邻。
海棠真一梦，梅子欲尝新[③]。
拄杖闲挑菜，秋千不见人[④]。
殷勤木芍药，独自殿余春[⑤]。

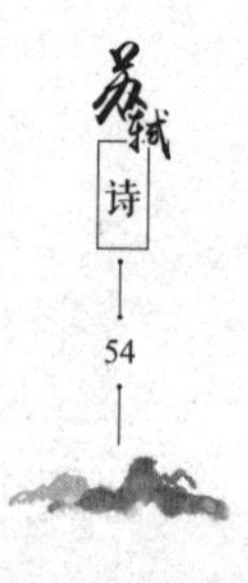

【注释】

① 四望亭：又名高寒楼，宋时黄州名亭之一。

② 浮萍：又名青萍。

③ “海棠”二句：言海棠花已谢，梅子初熟。

④ “拄杖”二句：老人拄杖，手上提着篮，挑菜而来；秋千上没有人玩，写的是宋“挑菜节”雨后的冷清场面。

⑤ “殷勤”二句：殷勤，情意深厚，钟情。木芍药，牡丹的别名。殿。结尾，收场。

【简析】

此诗作于元丰三年（1080）二月，苏轼刚到贬谪地黄州不久。整首诗平和自然，描写细致精美，诗中有画：池塘里的浮萍散而复合，岸边的青蛙叫个不停；亭下的海棠雨后已显得颓唐，树上的梅子欲露清新；挑菜节上的市场空荡人少，唯有木芍药花在饱含深情地独自开放。这些绘色绘声的描写构成了一幅绝美的山水画，令人感到亲切温馨，心旷神怡。最后两句“殷勤木芍药，独自殿余春”，花已尽，春已残，牡丹殿群芳！这种由残春而表达的“迟暮”之感，应该说也是苏轼初贬黄州时理想破灭、心灰意冷的真情流露。

正月二十日，往岐亭[1]，郡人潘、古、郭三人送余于女王城东禅庄院

十日春寒不出门，不知江柳已摇村。
稍闻决决[2]流冰谷，尽放青青没烧痕。
数亩荒园[3]留我住，半瓶浊酒待君温。
去年[4]今日关山路，细雨梅花正断魂。

【注释】

① 岐亭：古驿站名，今湖北麻城一镇名，在县西七十里处。

② 决决：水流动的样子。

③ 荒园：指女王城东禅庄院。

④ “去年”二句：指去年今日赴黄州途中作《梅花二首》，诗中借“半随飞雪渡关山”的梅花形象，流露出一种落魄凄凉之感。

【简析】

此诗作于元丰四年（1081）正月，苏轼到黄州整整一年。潘、古、郭三人分别是潘丙、古耕道、郭遘，是苏轼到黄州时新结识的友人，常在一起喝茶聚会，逐渐成为至

交。在这三位好友的陪伴下，苏轼出郊寻春，访自然山水之趣。诗的前四句写作者为避春寒许久没有出门，想不到外面已是春意盎然：沿江的柳枝摇曳，春水在冰谷中流动，青青露草了无烧痕。后四句写面对明媚春光，加上朋友倾其所有的招待，酌酒的温情给苏轼带来很大的慰藉，他的心情是愉悦的，与去年关山路上的凄凉和孤独形成鲜明对比。这一点应该说是苏轼在黄州度过逆境的精神支柱。一年后，即元丰五年（1082），苏轼又作《正月二十日与潘、郭二生出郊寻春，忽记去年是日同至女王城作诗，乃和前韵》："东风未肯入东门，走马还寻去岁村。人似秋鸿来有信，事如春梦了无痕。江城白酒三杯酽，野老苍颜一笑温。已约年年为此会，故人不用赋《招魂》。"从两首诗可见，苏轼贬居黄州后，正是这种山水之美与朋友之情使他的心境得以变化，获得了精神上的抚慰。

红梅三首

其　一

怕愁贪睡独开迟，自恐冰容[1]不入时。

故作小红桃杏色，尚余孤瘦雪霜姿。

寒心未肯随春态，酒晕[2]无端上玉肌。

诗老[3]不知梅格在，更看绿叶与青枝。

【注释】

① 冰容：洁白纯净的面容。

② 酒晕：饮酒后脸上泛起的红晕。

③ 诗老：诗界的前辈，这里指石延年（994—1041），字曼卿，北宋文学家。

【简析】

元丰五年（1082）春，黄州东坡地已有收成，雪堂也已建成，苏轼于临皋亭写下此诗。此诗是有感于石曼卿《红梅》一诗而发，共有三首，此为第一首。本诗运用了托物言志的手法，用红梅傲骨的精神特质，表达了诗人超凡脱俗的品格和保持本心的初衷。首联用拟人化的手法将红梅的迟迟开放，比作是细腻的美人，害怕自己冰清玉洁的美貌不合时宜，于是贪恋睡觉而不肯早起。颔联中的一个“故”字隐晦地写出了梅花被迫与世俗妥协的无奈。梅花本该是冰清玉洁的白色，虽然由于“怕”“恐”装扮出了一点浅粉色，但是梅花不畏霜雪的品格不会改变。颈联则进一步探讨了梅花的内心世界，是因为酒晕泛起的浅红色，梅花的本质和内心仍然是高洁的，“未肯”表现出了

梅的孤傲品格。尾联两句是神来之笔，既承上又扣题，为前六句的点睛诗眼。苏轼指出石曼卿《红梅》诗中“认桃无绿叶，辨杏有青枝”的观点是不可取的，不能以有无绿叶青枝来分辨红梅与桃杏，而应该从梅花傲霜斗寒的高洁品格来予以确定。应该说，苏轼抓住了红梅最本质的特征，同时也很自然地达到了借物咏志的目的，所以此诗被后人推崇为歌咏红梅之绝唱。

琴　诗

若言琴上有琴声，放在匣中何不鸣？
若言声在指头上，何不于君指上听？

【简析】

这首诗作于元丰六年（1083）闰六月，是一首哲理诗，表达了苏轼对琴道的理解。四句诗简练地概括了琴与弹琴人之间的关系：若想琴发出悦耳的曲调，需要人的手指拨动琴弦。手指由人的主观意识来操控，通过手指的拨弄借助“琴”这一媒介，可以传达出弹琴者内心深处的情感。所以要想听到一首悦耳的琴曲，需要琴与手指二者协调合作。在此还需看到，苏轼以佛偈（类似佛经中的颂词）的形式写出的这首诗，绝不仅仅是弹琴之道，而是在充满谐趣的疑问中揭示了深刻的哲理，充满了“禅意”：琴声是由琴身和指头二者相遇而产生的，如果二者分开，什么也不会发生，由此引申出世间一切事物都离不开相互作用和相互依存的道理，即佛家所说的“因缘和合”。此诗以辩证思维和处世的智慧，给我们多方面的启迪。

洗儿[1]戏作

人皆养子望聪明，我被聪明误一生。
惟愿孩儿愚且鲁[2]，无灾无难到公卿[3]。

【注释】

① 洗儿：在婴儿出生后的第三天或满月时，汇集亲友为婴儿洗澡，后叫洗儿。

② 愚且鲁：愚笨而且迟钝。

③ 公卿：原指三公九卿，后泛指朝廷中的大官。

【简析】

元丰六年（1083）九月二十七日，侍妾朝云产下一子，

小名干儿，苏轼甚是喜悦，作下此诗。本诗是一首哲理诗，表达了诗人对官场的厌恶，对安宁的渴望。全诗寓理于情，构思巧妙。首二句是诗人复杂心情的表现。世人养育子女皆希望他们出类拔萃，诗人却言自己反因聪明耽误一生，颇有“功名一场梦”的意味。一“望”一“误”，对比强烈，表达了诗人在政治上希望儿子鲁钝平凡，不要重蹈自己的覆辙，充满了戏谑的态度。后二句值得玩味。苏轼一方面希望自己的孩子愚笨而且迟钝，无所追求，这样就不会像自己一样被卷入政治漩涡、屡遭挫折；另一方面，他仍希望孩子“到公卿”，即是说苏轼仍希望孩子长大后仕途顺利，成为公卿大臣。他并没有跳出古代士大夫阶层“修齐治平，出人头地”的理想追求。这两者看似矛盾其实不然，这里的“愚且鲁”不过是外表，其实质是希望儿子大智若愚而已；同时也不是反对儿子追求仕途，只是对官场丑恶现象和不择手段追名逐利的厌恶和讽刺，只不过这种厌恶是用一种诙谐曲折的方式表现出来的。《宋史·苏轼传》中写苏轼：嬉笑怒骂之词，皆可书而诵之。所言极是，这首《洗儿戏作》堪称代表。

题西林[1]壁

横[2]看成岭侧成峰，远近高低各不同。

不识庐山[3]真面目，只缘[4]身在此山中。

【注释】

① 西林：西林寺，又名乾明寺，位于江西庐山。

② 横：正面。

③ 庐山："三山五岳"之一，位于今江西九江庐山市境内。

④ 缘：由于。

【简析】

元丰七年 (1084) 苏轼由黄州赴汝州团练副使任，途经九江，游览庐山，写下若干诗篇，此诗便是其中总结之作。这既是一首写景诗，对庐山景色作了总体性的勾勒，也是一首哲理诗，借景说理。前两句"横看成岭侧成峰，远近高低各不同"从不同的角度看庐山，就能发现庐山不一样的美。后两句"不识庐山真面目，只缘身在此山中"，为何看不到庐山的全部面貌，只因自己身处其中，视野受到限制，常言道"当局者迷"，正是其中道理。此诗暗含苏轼此时所处的政治局势，他因反对王安石变法被贬，但其

实只是反对其变法方式，并不反对变革本身，这样一种不站队的做法，反而不容于新旧两党。被贬之后苏轼的心态发生了很大的变化，“不识庐山真面目”既暗含了朝堂之上扑朔迷离的局势，又暗藏人生的不确定之感。此诗短短四句却含义丰富、立意高远。它告诉我们，要真正认识一个事物，必须有一个开阔的视野，不囿于并要跳出事物本身，也不能被自己的情感所左右，同时还需要变换角度，多方面地考察。这首小诗为人们开阔审美视野和洞察事物本质提供了丰富的空间和方法论层面的启示。

海　棠

东风袅袅[①]泛[②]崇[③]光，香雾空蒙[④]月转廊。

只恐夜深花睡去[⑤]，故烧高烛照红妆[⑥]。

【注释】

① 袅袅：轻盈柔弱的样子，此处形容微风轻拂之感。

② 泛：浮动。

③ 崇：增长。

④ 空蒙：朦胧。

⑤ 夜深花睡去：此处暗引典故。出自宋释惠洪《冷斋夜话》，唐玄宗用“海棠睡未足”形容杨贵妃醉酒后的美丽姿态。

⑥“故烧”句：一作“高烧银烛照红妆”。

【简析】

此诗作于元丰七年(1084)，是一首有名的咏花诗。前两句作者通过春风、香雾、明月、回廊从侧面烘托出海棠花的艳丽娇美。第三句是关键句，也是转折句，诗人心态落寞，此时只有海棠花陪伴，但月光已照不到此处，唯恐海棠花睡去，“只”字暗示诗人的孤独凄清，“恐”字写出诗人对海棠花的喜爱，也写出了诗人担忧自己不能忍受寂寞的心态。最后一句呼应第三句，“红妆”指海棠，运用了杨贵妃“海棠睡未足”典故，“高烛”与“红妆”交相辉映，富有浪漫色彩，将诗人爱花惜花的感情表达得淋漓尽致。作此诗时，诗人已近知天命之年，被贬黄州，处江湖之远，怀才不遇，作者也有以花喻人的含义，表明自己想要像海棠花那样被君王发现并重视。全诗展现了一种乐观、豁达的心态，可谓吟咏海棠之佳作。

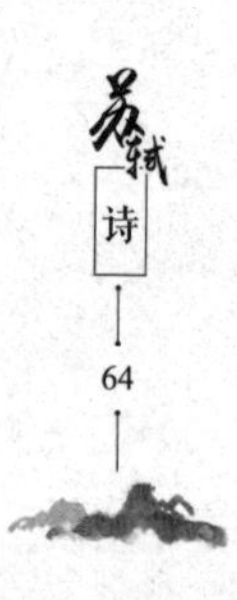

惠崇春江晚景[①]二首

其　一

竹外桃花三两枝，春江水暖鸭先知。

蒌蒿[②]满地芦芽[③]短，正是河豚[④]欲上时。

【注释】

① 惠崇：福建建阳人（一说安徽淮南人），北宋僧人，擅长诗画。《春江晚景》是惠崇所作画名，共两幅，一幅是鸭戏图，一幅是飞雁图。钱钟书《宋诗选注》中为“晓景”。诸多注本，有用“晓景”，有用“晚景”，从《东坡全集》至清以前注本用“晚景”。

② 蒌（lóu）蒿：多年生草本植物，别名芦蒿。

③ 芦芽：芦苇的嫩芽。

④ 河豚：鱼类，学名“河鲀”，肉味鲜美，体内含有毒素。主要分布在中国黄海、渤海、东海、南海以及近海江河中。每年四、五月逆江而上产卵。

【简析】

此诗是元丰八年（1085）十二月苏轼于汴京为惠崇所绘的《春江晚景》两幅所写的题画诗之一。一说此诗作于江阴。诗人对画理解很深，感受入微，寥寥几笔文字形象生动地展现了丰富的画面。首句“竹外桃花三两枝”，写景的同时也表明了季节，早春之时，春寒刚过，桃花冒出两三枝，展示出春天的生命力与活力。第二句“春江水暖鸭先知”，呼应首句季节，天气还略带寒意，其他的动物还没有感受到春天的到来，江中的鸭便先一步感受到江水回暖，展示出诗人无与伦比的想象力与观察力。这句诗影响力很大，千百年来已成为人们面对气候、事态、形势变化时敏锐感觉的一种形象概括。后两句“蒌蒿满地芦芽短，正是河豚欲上时”，仍然描写早春之景，看到蒌蒿和芦芽，诗人联想到此时正是河豚逆流而上去淡水中产卵的季节。苏轼的学生张耒在《明道杂志》中记载居住在长江一带的人食河豚时，用蒌蒿、荻笋、菘菜三物烹煮，可见诗歌后两句有着内在的联系。将画中之景加以想象，想象之景补充画意，画意之中展示诗境，读者不知何为实景，何为虚景，可谓诗情画意得到了完美的融合。

书鄢陵王主簿[①]所画折枝[②]二首

其　一

论画以形似，见与儿童邻[③]。

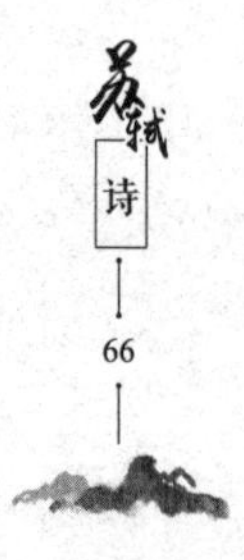

赋诗必此诗，定非知诗人④。

诗画本一律，天工与清新。

边鸾⑤雀写生，赵昌⑥花传神。

何如此两幅，疏淡⑦含精匀。

谁言一点红，解寄无边春。

【注释】

① 鄢陵王主薄：鄢陵，今河南鄢陵。王主簿，名不详。

② 折枝：花卉画的一种表现手法，画花卉不画全株，只画连枝折下来的部分，故名折枝。

③ “见与”句：见，见识、见解。邻，接近。

④ “赋诗”二句：作诗仅限于题目停留在字面意义上，那他必定不是一位真正的诗人。

⑤ 边鸾：唐代画家，所画花鸟极精美。《唐朝名画录》载：“边鸾，京兆人也。少攻丹青，最长于花鸟，折枝草木之妙，未之有也。”

⑥ 赵昌：北宋画家，字昌之，擅画花。

⑦ 疏淡：指用笔不多，着色清淡。

【简析】

这首诗元祐二年（1087）作于河南。本诗从诗画创作理论谈起，由大到小，由面到点，最终回到王主簿所画的折枝图中。苏轼借题画表达了自己的美学标准和艺术见解。起首四句诗互文互义，提出了绘画和赋诗的标准：如果绘画仅是形似，无异于儿童的见解；而赋诗如果太直白缺乏神韵，定然不是真正懂诗的人。在此基础上他提出“诗画本一律”的观点，强调这两种艺术创作都同样需要“天工与清新”。后六句用边鸾、赵昌作铺垫，推崇王主簿之画，着墨不多，重在神韵，能用“一点红”来“寄无边春”，以少胜多，捕捉到事物的精神韵态。苏轼借评画作以抒胸臆，并认为形似与神似相统一，是诗与画这两种艺术载体得以相通的最高原则。

送张嘉州[①]

少年不愿万户侯，亦不愿识韩荆州[②]。
颇愿身为汉嘉守[③]，载酒时作凌云[④]游。
虚名无用今白首，梦中却到龙泓口[⑤]。
浮云轩冕[⑥]何足言，惟有江山难入手。
峨眉山月半轮秋，影入平羌[⑦]江水流。
谪仙此语谁解道，请君见月时登楼。

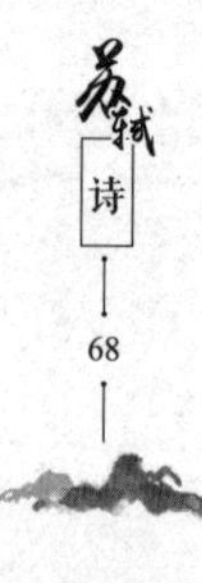

笑谈万事真何有，一时付与东岩酒[8]。

归来还受一大钱，好意莫违黄发[9]叟。

【注释】

① 张嘉州：张伯温，名大亨，字嘉父，浙江吴兴人，元祐年间任嘉州刺史。

② 韩荆州：韩朝宗，唐玄宗时为荆州刺史，时称韩荆州。李白《与韩荆州书》中开首句："白闻天下谈士相聚而言曰：'生不用封万户侯，但愿一识韩荆州。'"

③ 汉嘉守：汉嘉太守，此指嘉州太守。汉嘉，嘉州之古地名，现为四川乐山。苏轼老家眉山原属嘉州（乐山），现已撤县建市。

④ 凌云：山名。在乐山东，一名九鼎山，山之东有凌云寺。

⑤ 龙泓口：或在凌云山东部，今已不能确指。

⑥ 轩冕：《庄子·缮性》中记载："古之所谓得志者，非轩冕之谓也，谓其无以益其乐而已矣。今之所谓得志者，轩冕之谓也。""轩，车也。冕，冠也。"轩冕，意为官职爵禄。

⑦ 平羌：青衣江。

⑧ 东岩酒：嘉州城东今乐山篦子街一带所产白酒。

⑨ 黄发：老人发白，白久则黄，以黄发为长寿的象征，也指老人。

【简析】

元祐四年(1089),苏轼时任杭州知州。当得知同僚张伯温将赴自己家乡出任嘉州知州时,特以此诗相赠。前四句引用李白在《与韩荆州书》中的“生不用封万户侯,但愿一识韩荆州”句,反其意而用之,与“颇愿”二句应和,表达诗人向往过逍遥自在生活的愿望。从“虚名”到“惟有”四句写作者在历尽沧桑之后,感到江月山水难以时时把握和领略,对故乡山水更是梦寐以求,高官厚禄与之相比,也如同浮云一样不值一谈了。从“峨眉”到“请君”四句借用李白《峨眉山月歌》的诗句来具体描写月照秋江的嘉州夜景,宛如一幅临江登楼望月图。最后四句,抒发了作者对嘉州山水无比依恋的情感,并期望张伯温可以惠及嘉州人民,思乡之情与勉励之意相互融汇。全诗感情真挚,豪放洒脱,清新流畅,集句和用典贴切自然,历来为人们传诵。特别是开头四句,已成为赞颂嘉州山水的名句而不断被人引用。至今,在凌云寺山路的岩壁上,尚刻有明代崇祯时嘉州太守郭卫宸手书的“苏东坡载酒时游处”八个大字,其源即出于此诗。

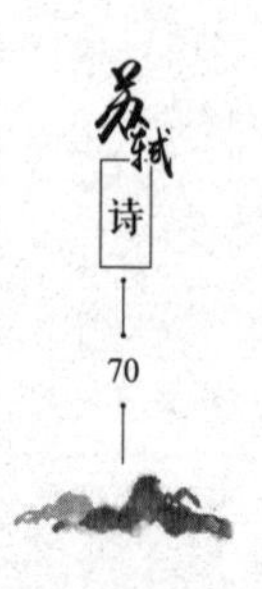

赠刘景文[①]

荷尽已无擎雨盖[②]，菊残犹有傲霜枝。
一年好景君须记，最是橙黄橘绿时[③]。

【注释】

① 刘景文：刘季孙，字景文，善诗，时任两浙兵马都监，驻杭州。苏轼视他为国士，曾上表推荐，并以诗歌唱酬往来。

② 擎雨盖：比喻荷叶。擎，向上凸起。

③ 橙黄橘绿时：指橙子发黄、橘子将黄犹绿的时候，指农历秋末冬初。

【简析】

此诗作于元祐五年（1090），苏轼时任杭州知州。此诗是苏轼写赠刘景文的。刘景文虽为世家子弟，但此时却家室零落，且年近六十，已是迟暮之年。苏轼在第二次去杭州做官时，与之相识，甚为欣赏其人，遂成为相逢恨晚的知己。苏轼作为朋友既同情他的身世遭遇，又希望他能够再振作起来。因此，诗歌首句中将其比作“荷”，时值秋末，荷枯叶尽正是暗指刘景文年衰家穷之窘境，但是次句又言菊，用菊来作比晚节，“犹有傲霜枝”则是在说刘景文晚年应该像菊花一般有着凌霜傲雪的姿态。苏轼对当时刘景文的处境抱着体谅和理解的心态，毕竟作为一名有理想又有抱负的读书人，在人到暮年之时，回顾匆匆而逝的大半生，难免有失意、颓废之姿，所以，苏轼在三四句中真挚地劝勉刘景文："橙黄橘绿"才是人生成熟收获的好时节，希望他能够不仅看到人生的"荷尽"也能看到自己"犹有傲霜枝"的一面，尤其是要看到橙黄橘绿这样硕果累累的景象。苏轼在此用浅显的比喻，勉励刘景文振作起来奋发有为。这首诗虽然是写给刘景文个人的，但对世人有普遍的激励作用，特别是对那些身处逆境或者受到打击的人带来了希望和勇气。

寄蔡子华[1]

故人送我东来时，手栽荔子待我归。
荔子已丹吾发白，犹作江南未归客。
江南春尽水如天，肠断西湖春水船。
想见青衣江[2]畔路，白鱼紫笋不论钱。
霜髯三老[3]如霜桧，旧交零落今谁辈。
莫从唐举问封侯，但遣麻姑更爬背[4]。

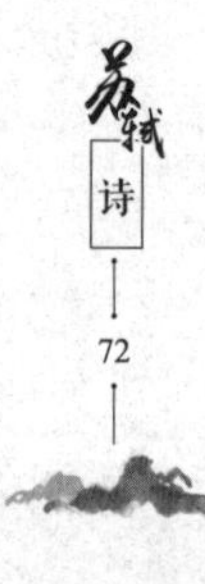

【注释】

① 蔡子华：蔡褒，字子华，眉州青神（今四川青神）人，苏轼的同乡和旧友。

② 青衣江：又叫平羌江，在四川乐山草鞋渡，与大渡河汇合。

③ 三老：指蔡子华、杨君素、王庆源三位故乡老友，蔡子华向苏轼求诗，苏轼写下此诗，并要蔡子华转杨君素、王庆源二人，故诗中提到他们。

④“莫从”二句：唐举，战国时看相面的人，秦国丞相蔡泽早年曾请唐举看相。唐举看后笑着说：“我所说圣人不看相，大概就是你这样的人吧。”麻姑，传说中的仙女，手指像鸟爪，东汉时蔡经说背痒时，用麻姑手挠背一定很舒服。苏轼用两个蔡氏的故事，告诉蔡子华自己不求高官，只想过闲适的生活。

【简析】

这首诗作于元祐五年（1090）。正值苏轼“乞外”在杭州知州任上，乡里故友蔡子华托人来求诗，苏轼对之深情怀念，积思成梦，梦觉而成此诗。诗的前四句，写朋友盼他早日还乡而自己却不能归，友人久久地等待着，荔枝的果实都发红了，自己的头发也已斑白了，然而仍漂泊在江南未能归去。中间四句写自身虽在杭州却感到江南春尽，肠断西湖，在浩叹中透露出诗人的思乡之情。接着从思友转到思乡，“想见青衣江畔路，白鱼紫笋不论钱”，这种真挚热情的乡情场景是诗人对自己过去美好时光的依恋和呼唤。“霜鬓三老如霜桧，旧交零落今谁辈”两句表达了诗人对故友和乡亲的眷恋之情，肯定了“三友”的高洁品格和超凡气质，在“旧交零落”的鲜明对比中，更突出了他们交往的难能可贵。最后两句，苏轼以两个典故作结，明确告诉蔡子华，我不会像蔡泽那样问看相人能不能做官，只希望像蔡经那样背痒时有麻姑搔背，能做一个闲适的活神仙即心满意足了。结尾想象奇特，意趣横生，不仅深化了“从友归去”的题旨，而且全诗首尾相应，浑然一体。另外，此诗韵脚转换、平仄相间也是值得注意的特色。

荔支[1]叹

十里一置飞尘灰，五里一堠[2]兵火催。
颠阬仆谷相枕藉[3]，知是荔支龙眼来。
飞车跨山鹘[4]横海，风枝露叶如新采。
宫中美人一破颜[5]，惊尘溅血流千载。
永元[6]荔支来交州[7]，天宝岁贡取之涪[8]。
至今欲食林甫肉，无人举觞酹伯游[9]。

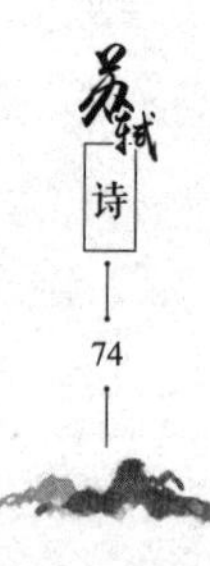

我愿天公怜赤子，莫生尤物[10]为疮痏[11]。
雨顺风调百谷登，民不饥寒为上瑞。
君不见，武夷溪边粟粒芽[12]，
前丁后蔡相笼加[13]。
争新买宠各出意，今年斗品充官茶。
吾君所乏岂此物，致养口体[14]何陋耶？
洛阳相君[15]忠孝家，可怜亦进姚黄[16]花。

【注释】

① 支：同“枝”。

② 堠(hòu)：古代瞭望敌情的土堡。

③“颠阬”句：尸体纵横交错地陈列在坑里。颠阬，跌倒在坑里。

④ 鹘(hú)：隼属动物部分种类的旧称。

⑤ 破颜：露出笑容。

⑥ 永元：汉和帝年号(89—105)。

⑦ 交州：汉武帝所建十三州之一，当时叫交趾。辖境相当于现在的两广南部和越南北部。

⑧“天宝”句：指唐代天宝年间岁贡涪陵荔枝之事。天宝，唐玄宗李隆基的年号(742—756)。

⑨“至今”二句：林甫，即天宝年间的奸相，专事逢迎。

酹(lèi),把酒浇在地上,表示祭奠。伯游,唐羌的字,任临武长,曾上书陈述进贡荔枝造成的惨状,汉和帝便取消了这一弊政。

⑩ 尤物:珍贵的物品,指荔枝。

⑪ 疮痏(wěi):祸害。

⑫ 粟粒芽:武夷茶的上品。

⑬“前丁”句:前丁后蔡相继督造贡茶。丁,丁谓,宋真宗时任参知政事,封晋国公。蔡,蔡襄,字君谟,官至瑞明殿学士,精通茶事。笼加,装在笼子里加上封条。

⑭ 致养口体:这里指满足口和腹的欲望。致养,原意是得到养育。

⑮“洛阳”句:洛阳相君,指钱惟演,曾任西京留守。其父吴越王钱俶归降宋朝,宋太宗称之为“以忠孝而保社稷”,所以苏轼说钱惟演是“忠孝家”。

⑯ 姚黄:是牡丹的一个名贵品种。洛阳进贡牡丹,是从钱惟演开始的。

【简析】

此诗作于绍圣二年(1095),当年苏轼以言得罪,贬谪广东惠州,但他并未因此而沉默。惠州盛产荔枝,苏轼写了多首荔枝诗,往往结合朝政身世,抒发自己的感慨,在谪居惠州的第二年,他又写下了千古传诵的名篇《荔支叹》。全诗分为三段。第一段前八句,写汉唐时期进贡荔

枝事，为了使帝王和妃子吃上新鲜的荔枝，累死摔死在路上的人马不计其数，为了博得宫中美人一笑，哪怕“溅血流千载”。从“永元荔支”到“民不饥寒”八句为第二段，转入议论，诗人感叹进贡荔枝给老百姓带来的深重灾难，揭露帝王穷奢极欲的生活，以至于希望天公不要生产这样的珍奇物品，免得百姓遭殃，只要风调雨顺，老百姓能吃饱穿暖就行了。“君不见”到末尾为第三段，由古及今，由进贡荔枝联想到本朝的茶贡、花贡之事。诗人认为这些进贡不仅因袭前朝陋习，而且花样翻新，指名道姓揭露本朝官僚争相买宠，连所谓的忠孝之家也不免有贡花之事，对在位的宋哲宗也暗含讥讽。全诗纵叹古今，有叙有议，不为题囿，对民间疾苦寄予了深切同情，对不顾百姓死活的统治者的讽刺溢于言表，带有诗史的性质。

食荔支二首

其　二

罗浮山[①]下四时春，卢橘[②]杨梅次第新。

日啖荔支三百颗，不辞长作岭南[③]人。

【注释】

① 罗浮山：在广东博罗、增城、龙门三县交界处，它雄峙于岭南中南部，坐临南海大亚湾，毗邻惠州西湖。长达百余公里，山势雄伟壮观，神奇幽胜，为岭南名山。

② 卢橘：枇杷，别称金丸、芦枝，因其色黑，故名卢橘。

③ 岭南：这里指广东，在古代常被称为“南蛮之地”，因为古代的岭南并不繁华，也不适合种植农作物。此句有三个版本，本诗为“不辞长作岭南人”。另有《苏东坡全集》：“不妨长作岭南人。”

【简析】

苏轼绍圣三年(1096)于惠州作此诗，此题下有两首，这里选第二首。苏东坡于宋哲宗绍圣元年(1094)被人告以“讥斥先朝”的罪名被贬岭南，“不得签书公事”。岭南位于今天的两广一带，在当时属于偏僻蛮夷之所，罪臣被贬至此，其作品多是表达愤懑不平的心态；但苏轼不同，虽被贬但仍然保持着乐观心态，随遇而安，怡然自乐，流连风景。这首小诗通俗易懂，字里行间饱含对岭南地区风物的喜爱之情，“日啖荔支三百颗，不辞长作岭南人”两句，历来为人称道，颇有陶渊明的风格，暗含其归隐心态。苏轼与陶渊明不同处是，他虽然想避世，但又不甘平庸、心存抱负。所以此诗既吟咏美景风物，又体现了苏轼在出世和入世中挣扎的两难心态，以及被贬岭南的自我安慰和调适。

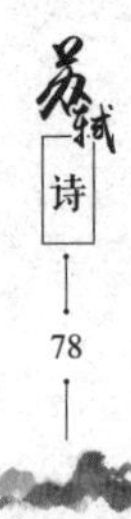

纵笔三首

其　一

寂寂东坡一病翁，白须萧散[①]满霜风。

小儿误喜朱颜[②]在，一笑那知是酒红。

【注释】

① 萧散：闲散舒适，形容举止、神情、风格等自然，不拘束。

② 朱颜：脸色红润。

【简析】

该诗作于元符二年（1099），苏轼由惠州再贬儋州，这时他已逾60岁，身体状况欠佳，但心态依旧达观，遂作此诗，借自嘲以慰藉。诗人把自我对象化，把自己的日常生活当作审美对象，由此来消解现实的愁苦和病痛。首二句诗人自叹衰老，审视自己，如今已是一个病苦老翁了，鬓发霜白，处境寂寞，使人不禁想起他那两句“谁道人生无再少”“休将白发唱黄鸡”，对比强烈。当年，曾经满含激情、踌躇满志的自己到如今却卧病榻上，很难不低沉感伤。末尾二句充满生活的情调，诗人借儿子苏过的“喜”表现自己心情之愉悦，但在“朱颜”与“喜”之前，先着一个“误”字，一笑之后，点破“朱颜”原来是酒红，在这种语境的转换之中，凸显了诗人对自己衰老的自嘲，只是不愿道破而已。作者用风趣的笔墨记录情境，用情洒脱，体现了诗人宽阔的胸襟和雄厚的笔力。

汲江煎茶

活水[①]还须活火[②]烹，自临钓石[③]取深清[④]。
大瓢贮月[⑤]归春瓮，小杓分江[⑥]入夜瓶。
雪乳[⑦]已翻煎处脚[⑧]，松风忽作泻时声。
枯肠未易禁三椀，坐听荒城长短更[⑨]。

【注释】

① 活水：刚从江流中取出来的水。

② 活火：有火焰的炭火。

③ 钓石：江边钓鱼者立或坐之石。

④ 深清：深处澄清的江水。

⑤ 大瓢贮月：月映在水里，瓢舀水，仿佛舀起了月。

⑥ 分江：分取江的一部分，也就是舀水。

⑦ 雪乳：茶细白，水煎时所呈色象。

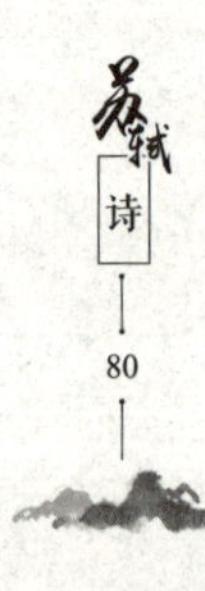

⑧ 脚：指茶脚，残余的滓末。

⑨“枯肠”二句：空腹忍不住喝下三碗，坐听那荒城长短不定的报更声。

【简析】

此诗是元符三年（1100）苏轼被贬儋州时所作，整首诗记录了从煎茶到饮茶继而引发诗人情感的全过程，不仅展现了茶道技艺，更体现出诗人的诗心禅意和豁达从容的人生态度。首四句描写煎茶前的准备。诗人对烹茶有着自己的艺术旨趣，须备好刚从江流中取出的水、有火焰的炭火。他从山顶下到江边钓石汲取深处澄清的水，先将活水用大瓢置于瓮内带回，再用小水杓将水舀入煎茶的陶瓶里。整个画面清新俊逸、从容不迫。特别是作者用“贮月”“分江”这样清隽优美的语言，把这个步骤描述得不落俗套，诗意盎然。后四句写煎茶和饮茶的情景和感受。这时茶已经沸腾了，雪白的浮沫和残余的滓末在瓶口翻滚，一时间竟显得热闹起来。而后将煮沸的茶斟入碗中，嗖嗖作响，像风撼树林，松涛阵阵。用“松风”来形容斟茶之声，虽有点夸张，但也形象逼真。面对如此好茶，也喝不上几碗，喝完茶，就在这春夜里，静静地听荒城里传来报更的敲梆子声。“长短”二字，道出了无穷无尽的意味，从侧面或多或少地表达了诗人谪居时孤寂凄凉的心境。此诗的特点是描写细腻生动，从汲水、舀水、煮茶、斟茶、喝茶到听更，全部过程，仔仔细细，绘声绘色。清代纪昀评价此诗："细腻而出于脱洒。细腻诗易于黏滞，如此脱洒为难。结联入情无迹。"(《纪评苏诗》卷四十三)

澄迈驿通潮阁[①]二首

其　二

余生欲老海南村，帝遣巫阳招我魂[②]。
杳杳[③]天低鹘没处，青山一发[④]是中原。

【注释】

① 澄迈驿通潮阁：澄迈县(今海南省内)，隋朝的治县以迈山为名，县西又有澄江，故名澄迈县。通潮阁，乃澄迈县阁也，在澄迈县西。

② "帝遣"句：帝，天帝；巫阳，女巫名，见《楚辞·招魂》。这里化用《招魂》之意，借天帝以指朝廷，借招魂以指奉诏内迁。

③ 杳杳：形容深远隐约。

④ 一发：比喻远山微茫。

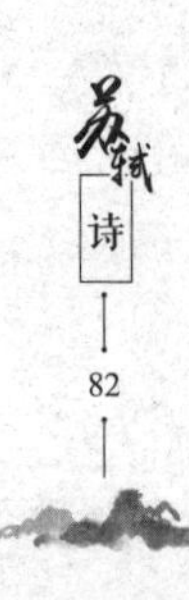

【简析】

该诗作于元符三年(1100),此时苏轼已经63岁,年轻时那“奋厉有当世志”的热情如今已被消耗殆尽,只希望在终老之前还能回到故乡,以解愁绪。首二句之间有转折之意,第一句诗人表明了自己的处境和心境。到了这个年纪,鬓发如霜北归无期,原以为自己是要在海南结束这坎坷的一生了,凄凉之感油然而生。然而,没想到“帝遣巫阳招我魂”,联系到苏轼这几十年来的顿挫波折和在海南的苦心期盼,此时他的内心应该是百感交集的。末尾二句由抒情转为写景,寓情于景。在愁绪万千的状态中,人对远方开阔的景色会变得格外敏感。于是诗人极目远眺,那是鹘鸟在空中盘旋,直到消失在天地连接之处。眼前无尽风光,诗人却只注意到那飞翔的鹘鸟,羡慕它能乘风破浪,飞向自己想去的地方。那里的青山绵延起伏,形状似有似无,如头发丝一般细微难显,是在眼前,亦在天边。这个令诗人望也望不清的地方,便是他朝思暮想的中原故土。“天低”“青山”为实,“鹘没”“一发”为虚,虚实结合,是诗人对故乡与所处之地无言的羁绊与割舍。全诗含蓄深沉,虽写悲伤之怀,却不流于颓唐委顿,也没有更多的感情宣泄。

别海南黎民表[①]

我本儋耳人[②]，寄生[③]西蜀州。

忽然跨海去，譬如事远游。

平生生死梦，三者无劣优。

知君不再见，欲去且少[④]留。

【注释】

① 黎民表：黎子云，苏轼在海南的平民朋友。

② “我本”句：儋耳，今海南儋州。此句也有版本为“我本海南民”。

③ 寄生：佛家语，指转世、托生。

④ 少：古义为稍微。

【简析】

此诗作于元符三年（1100）五月。苏轼遇赦北归，离开他栖身三年的海南。动身之前，黎子云等儋州黎民百姓前来饯行。临上船时，十几位父老流着眼泪与苏轼握手告别，深情厚谊溢于言表，苏轼用此诗表明自己的情感认同。前两句“我本儋耳人，寄生西蜀州”，点明苏轼认为虽然自己出生不在儋州，但是儋州是他心灵的来处，也是

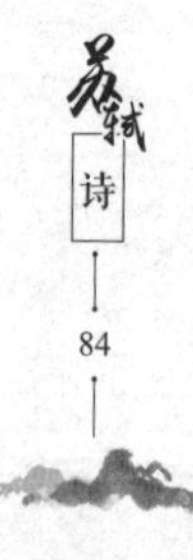

心灵的归处。他在海南找到了人生的归属。紧接两句作者和大家道别，说自己就要跨海而去就像一次远游。“平生生死梦，三者无劣优”这两句话非常重要，苏轼受老庄和佛家的影响，认为生、死和梦这三者对于人的一生，都没有好与不好的分别，说明他已将一切，包括生、死和梦，完全参透。在老庄看来，人类不过是万物之一，生不足惜，死不足悲；梦非梦，真非真，如此三者何来优劣之分。佛家也认为一切皆为幻想，不生不死，不垢不净，无得无失，无人无我，如此更谈不上生死梦的优劣。全诗的最后两句“知君不再见，欲去且少留”也写出了苏轼对海南人民的留恋，展现出他虽身处困境，却仍能超然物外、淡然处之的心态和异于常人的旷达超逸。

六月二十日夜渡海

参横斗转①欲三更，苦雨终风②也解晴。

云散月明谁点缀？天容海色本澄清③。

空余鲁叟④乘桴⑤意，粗识轩辕⑥奏乐声⑦。

九死南荒⑧吾不恨⑨，兹游⑩奇绝冠平生。

【注释】

① 参(shēn)横斗转：参斗星宿在黑夜里移动，指夜色已深。参、斗，皆为星宿名。横、转，指星宿位置的移动。

② 苦雨终风：整日里刮大风，雨水连绵不绝，指天气恶劣。

③ 澄清：清澈而明亮。

④ 鲁叟：指孔子。

⑤ 乘桴(fú)：乘船。桴，小筏子。

⑥ 轩辕：黄帝，传说他擅长制音律。

⑦ 奏乐声：这里形容涛声。海面上波涛汹涌，如同奏乐一般。

⑧ 南荒：僻远荒凉的南方。

⑨ 恨：遗憾。

⑩ 兹游：这次游历海南，实指贬谪海南。

【简析】

元符三年 (1100) 五月，苏轼获赦，六月二十日渡过琼州海峡北上，此诗即作于此时。这首诗表达了诗人北归的喜悦心情和坚韧、旷达豪放的襟怀。首两句借渡海所见：参星横空，北斗星转向，天色已近三更，雨在下，风在刮，但我知道天将放晴了，来表达世事变迁、逆运扭转的愉悦心情。颔联两句用“云散月明”与“天容海色”作对比，描绘了海上月夜明净的景象，也用暗喻的手法表达自

己澄澈清明的气节。这四句看似写景，意在抒情，是借物抒怀、寓情于景。第五句化用“鲁叟乘桴”的典故阐明自己坚守政治理想的信念。第六句“奏乐声”同样运用轩辕的典故，指自己在大海波涛的此起彼伏中，认识到事物起伏、盛衰变化的天道。尾联则是总结全诗，表达自己即使客死南荒也绝不后悔的意愿。“兹游奇绝冠平生”则进一步彰显诗人内心的豁达，其通透乐观的人生态度被体现得淋漓尽致。这首诗用典精工，意境空明，情感深沉，无论是抒情还是议论都紧扣自然景物，贴切自然，是苏轼七律的代表作。

雨夜宿净行院[①]

芒鞋[②]不踏利名场[③]，一叶轻舟寄淼茫。
林下对床听夜雨[④]，静无灯火照凄凉。

【注释】

① 净行院：位于距雷州城四十五里的兴廉村，是雷州至廉州陆路的必经之路。

② 芒鞋：用芒草编织的鞋，即草鞋。

③ 利名场：追逐名利的场所。

④“林下”句：化用《满江红·怀子由作》中“孤负当年林下意，对床夜雨听萧瑟”，暗含作者对其弟苏辙的思念。

【简析】

此诗是元符三年（1100）六月苏轼赴廉州途中作。苏轼奉命调移廉州安置，渡船时逢海上风大浪高，不得不离船上岸留宿于兴廉村净行院。此时苏轼已垂垂老矣，终获赦北归，心情愉悦，遂有此诗。在一个大雨滂沱的夜晚找地方留宿本是狼狈凄惨的画面，而诗人首二句却表达出轻快闲适的心境。回首过往，经历过诸多风雨，诗人只希望于渺茫的人世间，如大海中的一叶轻舟一般，随性潇洒。这种“轻”即是诗人对万事万物的超然与洒脱。后二句直抒胸臆。窗外仍是连绵不断的雨声，时时拍打着树叶，诗人的思绪随着雨声而走远，回想过往经历的风雨坎坷，那样难挨的日子如今终于有了尽头。那林中传来的阵阵雨声，触动诗人的思绪；这四下无人的幽静萧瑟，勾惹诗人的归意。诗人仿佛是在释怀，又仿佛是在悲寂，情感变化颇为明显，由乐观洒脱而转为寂寞凄凉。这复杂的思绪都凝聚在“照凄凉”三个字里，颇有余味。

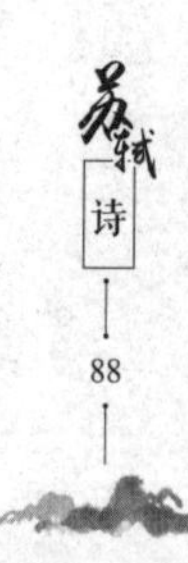

东坡居士过龙光[1]，求大竹作肩舆[2]，得两竿。南华珪首座[3]，方受请为此山长老。乃留一偈[4]院中，须其至，授之，以为他时语录[5]中第一问

斫[6]得龙光竹两竿，持归岭北[7]万人看。

竹中一滴曹溪[8]水，涨起西江[9]十八滩。

【注释】

① 龙光：大庾岭龙光寺；大庾岭即庾岭要塞，为南岭中的“五岭”之一，位于江西与广东两省边境。

② 肩舆：一种以人力抬扛的交通工具。

③“南华”句：南华，寺名。珪，僧人名。首座，寺中最高的职位，即上座。

④ 偈(jì)：佛经中的唱词。

⑤ 语录：僧徒记录师语之文体，多用口语，多问答体。

⑥ 斫(zhuó)：用刀斧砍。

⑦ 岭北：指五岭以北的地区。

⑧ 曹溪：水名，在今广东。六祖慧能曾在曹溪宝林寺(唐开宝间赐名南华寺)演法。

⑨ 西江：珠江干流，在广东西部。

【简析】

本诗建中靖国元年(1101)作于大庾岭南龙光寺。苏轼当年北归，路上杠折断，乃求龙光寺竹以换杠，时龙光主持尚未到位，僧人砍两大青竹以赠苏轼，并延其饭，苏轼感动之余留下此诗给以后的龙光长老。首句“斫得龙光竹两竿”看似平淡，如信手拈来，但却蕴意颇深，一是令人想象寺院中的清幽景象；二是隐含“青青翠竹，尽是法身”之禅意；三是暗喻自己节操如故的深意。“持归岭北万人看”表明诗人对两竿翠竹极为珍视，尽管归路迢迢，却始终带在身边，并向“万人”展示。“竹中”二句，笔锋陡起，神气俱来。“一滴水”与“十八滩”对映鲜明，其间的一个“涨”字，化静为动，大开大阖，颇具气势。该诗表达了诗人对岭南佛法的赞扬，流露出他晚年对佛学的崇尚之情。他要将曹溪竹中的一滴水带到江西变成“十八滩”涨水之势，也暗示着对禅法的推广与普及，反映出作者对南禅宗的情有独钟。

自题金山画像[1]

心似已灰之木[2]，身如不系之舟[3]。

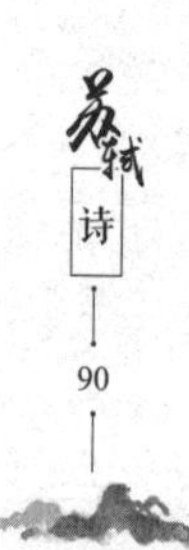

问汝平生功业，黄州惠州儋州④。

【注释】

① 金山画像：指金山寺苏轼画像，李公麟所作。《金山志》：李龙眠（公麟）画子瞻照，留金山寺，后东坡过金山，自题。

② 已灰之木：形如枯槁之木，心如死灰，语出《庄子·齐物论》。

③ 不系之舟：比喻漂泊无定，自由而无所牵挂。语出《庄子·列御寇》。

④“黄州”句：苏轼先后遭贬黄州、惠州、儋州。在这三个地方，作者度过了长期的贬谪生活。

【简析】

这首诗作于建中靖国元年（1101），可以算作是苏轼对自己一生调侃般的总结。作者晚年过真州游于金山寺时看到自己当年的画像，人生一世倏忽而过的感慨充溢于自己胸中，似嘲讽又似感叹，感情起伏交织。前两句诗用“已灰之木”“不系之舟”来比喻自己目前的年老无力、漂泊不定的状态，感情中透露着低沉与无奈。后两句总结他的一生，指出唯有黄州、惠州、儋州三个地方最是成就了自己，情感一改垂老的叹息为豁达开朗，已没有半点失意的哀叹，反而有种此生没有枉过的自豪之感。黄州、惠州、儋州虽是苏轼被贬谪、处于人生低谷的所在地，但这正是他"艰难困苦，玉汝于成"的地方，也正是他不断奋进、创造生命的价值、彰显人生意义的舞台。可以说，没有这三个地方，就没有文化史上的苏东坡；没有这三个地方，就不会有他千年以来文人无法企及的艺术地位。苏轼这首画像自题，虽有调侃之意，但他以这三个"亮点"来概括自己的一生，应当说更是带着一种欣慰和自豪。还需指出，诗中所蕴含的情感张力和语句的铿锵节奏，读之使人击节可叹，反复回荡，极易受到感染。

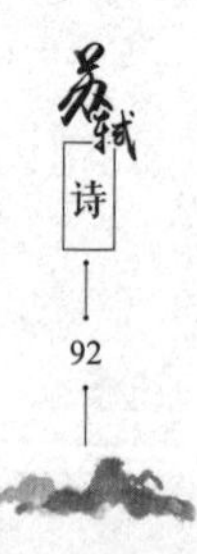

第二部分

词

江城子

湖上与张先[①]同赋，时闻弹筝。

凤凰山[②]下雨初晴。水风清，晚霞明。一朵芙蕖[③]，开过尚盈盈。何处飞来双白鹭，如有意，慕娉婷[④]。

忽闻江上[⑤]弄哀筝。苦含情，遣谁听？烟敛云收，依约是湘灵[⑥]。欲待曲终寻问取，人不见，数峰青。

【注释】

① 湖上与张先：湖，杭州西湖。张先，字子野，北宋词人。

② 凤凰山：位于杭州西湖南面。左近西湖，右近钱塘江，形似飞凤，故得此名。

③ 芙蕖：睡莲科莲属植物，即已经开放的荷花。

④ 娉婷：姿态美好的样子，此指美女。

⑤ 江上：湖面上。宋袁文《瓮牖闲评》引作“筵上”。

⑥ 湘灵：相传舜帝二妃娥皇、女英随舜南行，死于沅、湘二水之间，成为湘水女神，后世称为湘灵。

【简析】

此词为熙宁六年（1073）六七月间苏轼任杭州通判与张先同游西湖时所作。上片描写的是西湖雨后初晴，晚霞浮现。一阵微风过后，水面泛起涟漪。一朵芙蕖盈盈盛开，白鹭结伴飞过。这里的“芙蕖”既指美丽的荷花，又指与词人偶遇的弹筝者。据宋朝张邦基《墨庄漫录》载，“东坡在杭州，一日游西湖…… 湖心有一彩舟渐近亭前，靓妆数人，中有一人尤丽，年且三十余，风韵娴雅，绰有态度。”“开过尚盈盈”、双鹭“慕娉婷”进一步烘托了女子的美丽。下片描写了词人与弹筝者之间饶有情味的邂逅。江上哀筝伴随着弹筝者的深情，通过乐声传递到词人的耳中，联想到湘水女神，为之心动，意欲相见。然而“欲待曲终寻问取，人不见，数峰青”留下了无限的遗憾和愁思。这两句化自唐钱起《省试湘灵鼓瑟》中的“曲终人不见，江上数峰青”，字里行间传递着浓浓的怅惘情思。历史上文人墨客写西湖上和歌伎游湖的诗词歌赋不少，苏轼这首词所描绘的这场邂逅却别开生面，含蓄婉转，读来更觉清新舒畅、韵味无穷。

南乡子

和杨元素[①]，时移守密州。

东武望余杭[②]，云海天涯两渺茫。何日功成名遂

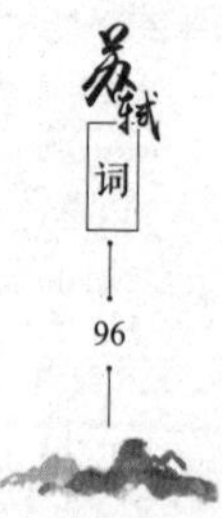

了，还乡，醉笑陪公三万场③。

不用诉离觞，痛饮从来别有肠。今夜送归灯火冷，河塘④，堕泪羊公却姓杨⑤。

【注释】

① 杨元素：杨绘，熙宁七年（1074）七月接替陈襄为杭州知州，九月，苏轼由杭州通判调为密州知府。

②“东武”句：东武，密州，今山东诸城。余杭，今杭州市。

③“醉笑”句：化用李白《襄阳歌》：“百年三万六千日，一日须倾三百杯。”

④ 河塘：指宋代的繁荣之地沙河塘，在杭州城南五里。

⑤“堕泪”句：据《晋书·羊祜传》中记载，羊祜为荆州督，在其离世后百姓为其建庙立碑，因感念其事迹，多见碑流泪，杜预因此称之为“堕泪碑”。这里以杨绘比羊祜，“羊”与“杨”音同。

【简析】

此词熙宁七年(1074)作于杭州。这是一首惜别词，当时，苏轼接到知密州的任命，将行，与杨绘饮于湖上，和绘《南乡子》(苏轼年谱卷十三)。上片，开头两句苏轼设想身在密州，从“东武”地界遥望离去的杭州，入目的云海、望不断的天涯，写尽了空间上的距离感，营造了黯然伤离别的氛围。接下来的两句笔锋一转，憧憬日后和杨绘宴乐的热望——“何日功成名遂了，还乡，醉笑陪公三万场”。功成名遂，衣锦还乡，把酒言欢，是历代士大夫的愿望，可惜对苏轼而言这只是一种期盼、一种幻想，终其一生始终未能如愿。下片，开头两句是苏轼劝解好友不必伤怀于离别，离伤是诉不尽的，便以酒化情，千言万语、千愁万绪便都融在这酒中，痛快畅饮即可，看上去豪迈洒脱，实则凄楚暗藏，这种矛盾的劝酒词实在是让人赞许。后几句则是描绘了一幅凄清的送归图景，荷塘月色下，灯火暗淡，独行于这夜色当中，难掩伤心泪，用杨绘比羊祜，称颂友人为官一方的德政，表达了对朋友的欣赏。同时，以友人堕泪结束全词，言虽尽，情却长，让人深陷其中，久久难以回神，乃惜别之佳作也。

少年游　润州作，代人寄远

去年[1]相送，余杭门[2]外，飞雪似杨花。今年春尽，杨花似雪，犹不见还家。

对酒卷帘邀明月[3]，风露透窗纱。恰似姮娥[4]怜双燕，分明照、画梁[5]斜。

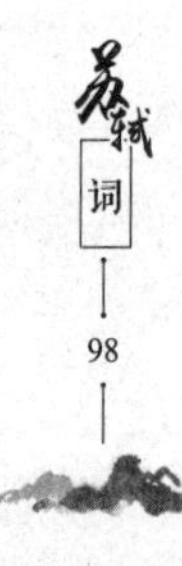

【注释】

① 去年：苏轼是头一年，即熙宁六年（1073）十一月离开杭州去润州等地赈灾的。

② 余杭门：宋时杭州城北面有三座城门，其中之一称余杭门。

③“对酒”句：化用李白《月下独酌》：“举杯邀明月，对影成三人。”

④ 姮（héng）娥：嫦娥，这里指月亮。《淮南子·览冥训》载，姮娥为后羿之妻，她偷吃了丈夫从西王母那里要来的不死药，飞升月宫，后来成为神仙。

⑤ 画梁：绘有图画的屋梁，指华美的建筑。这里指燕子巢居的处所。

【简析】

此词熙宁七年（1074）三月作于杭州。苏轼任杭州通判期间赴润州（今江苏镇江）赈灾，常年奔波在外，久不得归，为思念夫人王弗而作。此词利用飞雪与杨花形状相似，代表两种不同季节的特点，互为比喻，造语工巧，不仅形象表现出气候的冷暖变化，而且勾勒出一幅洁白迷蒙的景象，有助于传达缠绵悱恻的相思之情。雪与杨花互喻，既有形象上的美感，又有感情上的深度。上片通过今昔对比，既交代了时令变化，又表达了思念家室之情，下片苏轼以邀明月作伴为喻，然而月光却偏爱绕画梁而栖的双飞燕，以此反衬出天上姮娥和梁下妻子的孤寂无伴及自己在外的孤独与惆怅。此词含蓄婉转，一往情深，应该说是苏轼以婉约为特征的一首著名的言情词。

南乡子　送述古[1]

回首乱山横，不见居人只见城。谁似临平山[2]上塔，亭亭，迎客西来送客行。

归路晚风清，一枕初寒梦不成。今夜残灯斜照处，荧荧[3]，秋雨晴时泪不晴。

【注释】

① 述古：陈襄，字述古，苏轼好友，福建闽侯人。苏轼赴杭州通判任职的第二年，即宋神宗熙宁五年（1072），陈襄接替前任杭州太守沈立之职，熙宁七年（1074）陈襄移任南都（今河南商丘），苏轼作此词送别。

② 临平山：在杭州东北。苏轼《次韵杭人裴维甫》写道：“余杭门外叶飞秋，尚记居人挽去舟。一别临平山上塔，五年云梦泽南州。”临平塔时为送别的标志。

③ 荧荧：既指“残灯斜照”，又指泪光。这里指残灯照

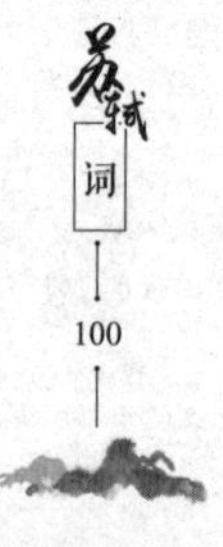

射泪珠的闪光。

【简析】

熙宁七年(1074)年七月,陈襄从杭州知州移任南都知州,苏轼作此词送别。词的上片借回首观望临平镇、临平山这离别之地,来描绘往事之美好回忆和对友人的不舍眷恋之情。开头两句便写出词人对陈襄一送再送,直到回望时都看不见城中人影才罢休。紧接"谁似"三句,把山上之塔拟人化,注入了作者的心绪和感情:亭亭矗立的高塔,古往今来见证了多少离别与重逢。今天又"目送"友人的身影远去,怎不黯然情伤。下片写词人归途中思念与不舍的情感在晚风中更加浓烈,致使不能成眠。晚风凄清、残灯斜照、微光荧荧,这些意象成组出现,渲染了孤寂、冷清的氛围,也是作者当时的心境写照。末句"秋雨晴时泪不晴"采用比兴的手法,把秋雨和泪水用一个"晴"字联系起来,不仅语句优美,充满韵味,更增加了形象感染力,读来哀婉动人,回味无穷。

沁园春

赴密州,早行,马上寄子由①。

孤馆灯青，野店鸡号[2]，旅枕梦残。渐月华收练[3]，晨霜耿耿[4]；云山摛锦[5]，朝露漙漙[6]。世路无穷，劳生有限，似此区区长鲜欢。微吟罢，凭征鞍无语，往事千端。

当时共客长安[7]。似二陆[8]初来俱少年。有笔头千字，胸中万卷；致君尧舜[9]，此事何难。用舍由时，行藏在我[10]，袖手何妨闲处看。身长健，但优游卒岁[11]，且斗尊前[12]。

【注释】

① 子由：苏辙，字子由，号颍滨遗老，系苏轼胞弟。

② 野店鸡号：化用温庭筠《商山早行》："鸡声茅店月，人迹板桥霜。"

③ 练：白绢，借喻皎洁的月光。

④ 耿耿：微明的样子。

⑤ 云山摛（chī）锦：云雾缭绕山峦色彩像铺开的锦缎一样。摛，舒展、铺开。

⑥ 漙（tuán）漙：形容露水多。《国风·郑风·野有蔓草》："零露漙兮。"

⑦ 共客长安：指当时苏轼与苏辙共同客居汴京，长安为借指。

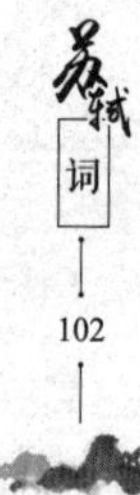

⑧ 二陆：指西晋文学家陆机、陆云兄弟二人，曾同在洛阳。此以二陆兄弟同在洛阳，比自己及弟弟苏辙共客汴京。

⑨ 致君尧舜：出自杜甫《奉赠韦左丞丈二十二韵》“致君尧舜上，再使风俗淳。”此为追述兄弟二人当年在汴京时的抱负。

⑩ “用舍”二句：任用与否在于机遇，抱负施展与否在于自己。《论语·述而》：“用之则行，舍之则藏，惟我与尔有是夫。”

⑪ 优游卒岁：悠闲地度过一生。《左传·襄公二十一年》：“优哉游哉，聊以卒岁。”

⑫ 且斗尊前：同“且乐尊前”。化用晚唐牛僧孺《席上赠刘梦得》：“休论世上升沉事，且斗樽前见在身。”斗，喜乐戏耍之意。尊，酒杯，酒器。

【简析】

此词作于熙宁七年(1074)十月。苏轼任杭州通判期间，苏辙在齐州(今山东济南)为官。苏轼为靠近亲人向朝廷请求到密州任职，得准改任密州知州，熙宁七年自杭州起程赴密州。这首词作于苏轼由海州到密州的途中，在马上挥笔写就并寄给当时在齐州任职的苏辙。此词由景入情，追今抚昔，直抒胸臆，表达了作者对劳顿平庸人生的感叹和壮志难酬的苦闷。上片开篇，作者便以“孤馆”“野店鸡号”“月华”“晨霜”“朝露”几种物象，“耿耿”“汽泠”两个叠词，绘声绘色地画出了一幅旅途早行图。随即感叹“世路无穷，劳生有限”，以及鲜有欢愉的心境，思绪万千，无语凝噎。接着“凭征鞍无语，往事千端”承上启下，引出对往昔的追怀。“当时共客”六句回忆了和兄弟当年赴京应试的旧事，叙事中充满着一种自信和豪气。后六句转入议论，作者深感兄弟俩也曾胸怀壮志，却因现实而碰壁。然而词人终究豁达，结尾化用《论语》“行藏在我”进行自我排解，即取“达则兼济天下，穷则独善其身”的态度，并表示，如果仕途不顺则袖手旁观，闲看花开花落、世事纷争，享受当下，保全身体，饮酒自乐，悠闲度日。应该说苏轼这种自我排解方式，在旷达之中透露出一种不平和不满的情绪，读起来耐人寻味。全词纵横自由，一气呵成，写景、叙事、抒情、议论无拘无束，而且都极具自我表现的色彩，有强烈的感染力。

卜算子

自京口还钱塘，道中寄述古[①]太守。

蜀客[②]到江南，长忆吴山[③]好。吴蜀风流自古同，归去应须早。

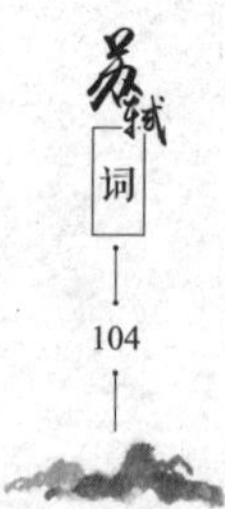

还与去年人，共藉[4]西湖草。莫惜尊前子细看，应是容颜老。

【注释】

① 述古：见前《南乡子·送述古》注。

② 蜀客：词人自称，苏轼是四川省眉山市人，客居江南。

③ 吴山：地名。在杭州府城内西南隅，旧名胥山。

④ 藉（jiè）：坐卧其上。

【简析】

此词是熙宁七年（1074）苏轼从京口（今江苏镇江）返回钱塘的途中所作，寄给在杭州的同僚和诗友陈襄。词的上片开端从自身宦游的行踪说起，其中饱含对杭州的怀念之情，一个"好"字则概括了对杭州的总体印象。词人从熙宁四年（1071）十一月到杭州通判任开始，就与杭州结下了不解之缘，曾多次写下诗篇赞美杭州。因此"长忆吴山好"一语，完全是由衷之言。"吴蜀风流自古同，归去应须早"联系词中叙"自京口还钱塘"一语，既然"吴蜀风流自古同"，那么归吴（杭州）也就形同归蜀，与上文怀念杭州之意相承。下片则展开了与友人陈襄同游西湖的想象。"还与去年人，共藉西湖草"这是多么富有诗意的赏心乐事！也是对去年相聚西湖的温馨回忆。末尾两句想象共饮的情景，要友人在宴会上仔细看一下，想必自己容颜已变得衰老了。这两句既是作者率性真情的自然流露，又形象生动地展现了作者和陈襄公这两位老朋友之间亲密无间的感情。

江城子　乙卯正月二十日夜记梦

十年[1]生死两茫茫。不思量[2]，自难忘。千里[3]孤坟，无处话凄凉。纵使相逢应不识，尘满面，鬓如霜。

夜来幽梦忽还乡。小轩窗，正梳妆。相顾无言，惟有泪千行。料得年年肠断处，明月夜，短松冈[4]。

【注释】

① 十年：这里指苏轼的结发妻子王弗去世已十年。

② 思量：思念，怀念。

③ 千里：王弗葬地四川老家眉山与苏轼任所山东密州相隔遥远，故称“千里”。

④ 短松冈：苏轼葬妻之地。

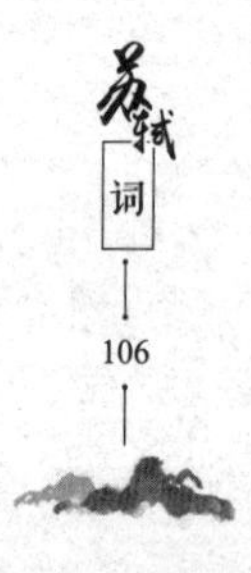

【简析】

熙宁八年(1075)正月二十日,苏轼时任密州知州,因思念原配王弗写下了这首词。王弗,眉州青神人,十六岁嫁给苏轼,婚后两人恩爱和睦,感情笃厚。二十七岁时,王弗卒于京城,后归葬故乡。这首词题为记梦,实际上是苏轼通过记梦来抒写对亡妻的真挚感情和深沉思念。上片写实,情感真挚动人。逢亡妻忌辰,思念之情油然而生,一发不可收拾,设想“相逢应不识”的场面,不由悲从心来,“尘满面,鬓如霜”不仅是实写此时的饱经沧桑,年华不再,也写出了诗人内心的绝望与悲痛。下片写虚,梦回故乡,深爱的妻子正在窗前梳妆。“相顾无言,惟有泪千行”,纵有千言万语,两人只能相顾无声流泪,此时无声胜有声,这一瞬便成永恒。结尾三句,梦回当年,于亡妻埋葬之处,肝肠寸断,情深难以言表,此思年年,此情绵绵。苏轼笔力奇崛,妙绝千古,词中采用了叙事白描和虚实结合的写法,一片真情,字字肺腑。全词感情真挚,语调凄婉,使人读后不由为之动容心伤。

江城子　密州出猎

老夫[①]聊[②]发少年狂。左牵黄,右擎苍[③],锦帽貂裘，千骑[④]卷平冈。为报倾城随太守，亲射虎，看孙郎[⑤]。

酒酣胸胆尚[⑥]开张。鬓微霜，又何妨。持节云中，何日遣冯唐[⑦]。会挽雕弓如满月，西北望，射天狼[⑧]。

【注释】

① 老夫：苏轼自称。

② 聊：姑且，暂且。

③ "左牵黄"二句：左手牵着黄狗，右臂托着苍鹰。

④ 千骑：形容人马之多，一人一马合称"骑"。

⑤ 孙郎：指孙权。孙权曾亲自射虎于凌亭，这里是苏轼自喻。

⑥ 尚：更加。

⑦ "持节"二句：据《史记·冯唐列传》载，汉文帝时，魏尚为云中太守，抗击匈奴，战绩卓著，但因上报战果的数字与实际有所出入，被削职追究。冯唐劝谏汉文帝不应这样对待武将，汉文帝接受建议当天派冯唐拿着节符赦免魏尚，重新任命他为云中太守。苏轼这里以魏尚自喻，希望朝廷能重用自己，以便立功边郡。节，符节，古代使者所持的凭信。云中，汉时郡名，今内蒙古自治区托克托县一带。

⑧ 天狼：星名，又称犬星，古人认为它是主侵犯的星，这里隐指侵犯北宋边境的辽国与西夏。

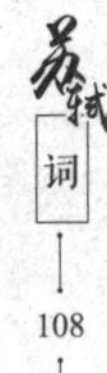

【简析】

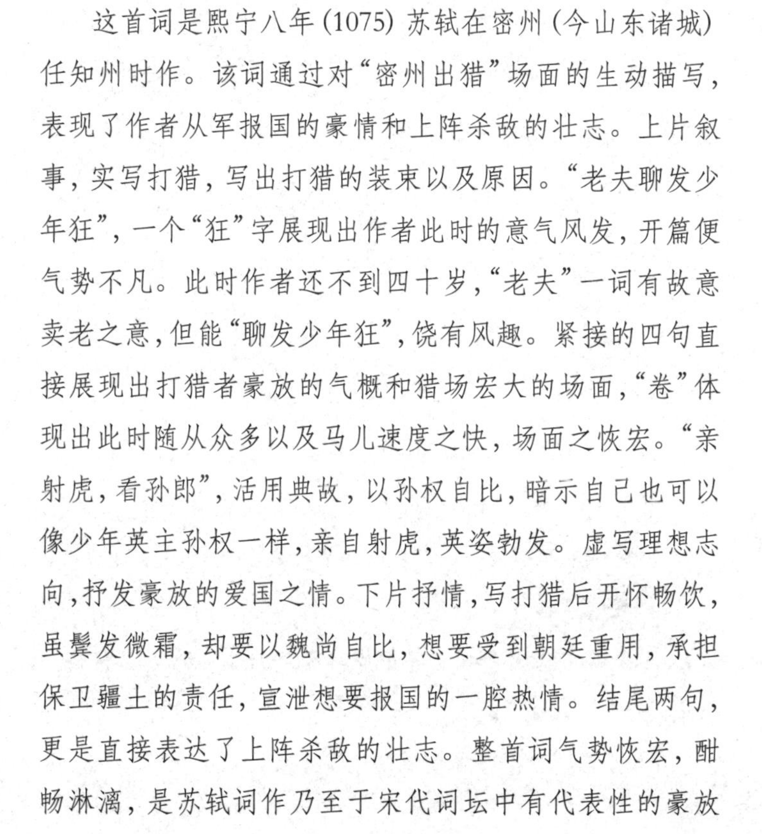

这首词是熙宁八年(1075)苏轼在密州(今山东诸城)任知州时作。该词通过对“密州出猎”场面的生动描写，表现了作者从军报国的豪情和上阵杀敌的壮志。上片叙事，实写打猎，写出打猎的装束以及原因。“老夫聊发少年狂”，一个“狂”字展现出作者此时的意气风发，开篇便气势不凡。此时作者还不到四十岁，“老夫”一词有故意卖老之意，但能“聊发少年狂”，饶有风趣。紧接的四句直接展现出打猎者豪放的气概和猎场宏大的场面，“卷”体现出此时随从众多以及马儿速度之快，场面之恢宏。“亲射虎，看孙郎”，活用典故，以孙权自比，暗示自己也可以像少年英主孙权一样，亲自射虎，英姿勃发。虚写理想志向，抒发豪放的爱国之情。下片抒情，写打猎后开怀畅饮，虽鬓发微霜，却要以魏尚自比，想要受到朝廷重用，承担保卫疆土的责任，宣泄想要报国的一腔热情。结尾两句，更是直接表达了上阵杀敌的壮志。整首词气势恢宏，酣畅淋漓，是苏轼词作乃至于宋代词坛中有代表性的豪放佳作。作者本人对此词也评价颇高，在《与鲜于子骏书》中，他曾说此词“令东州壮士抵掌顿足而歌之，吹笛击鼓以为节，颇壮观也”，可谓“自成一家”。

望江南　超然台[①]作

春未老，风细柳斜斜。试上超然台上看，半壕[②]春水一城花。烟雨暗千家。

寒食[③]后，酒醒却咨嗟。休对故人思故国[④]，且将新火[⑤]试新茶[⑥]。诗酒趁年华。

【注释】

① 超然台：在密州北城上，登台可眺望全城。

② 壕：城壕，即护城河。

③ 寒食：节令名。旧时清明前一或二日为寒食节。

④ 故国：指故乡眉州。

⑤ 新火：唐宋习俗，寒食节禁火三日，节后另取榆柳之火称“新火”，又称“改火”。

⑥ 新茶：指清明前采摘的“明前茶”。

【简析】

熙宁九年（1076）暮春，苏轼任密州知州时登超然台，眺望春色烟雨，触动乡思，写下此词。上片写登台时所见风细柳斜、烟雨蒙蒙的暮春景色，把春日里不同时空的色彩变幻，用明暗相衬的手法传神地表达出来。下片写情，触景生情，抒发了作者对故国、故人不绝如缕的思念之情

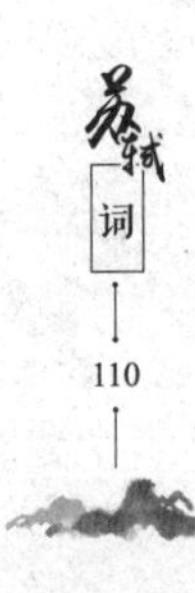

和豁达超脱的人生态度。结尾以“诗酒趁年华”作结，虽然说的是诗酒生活但却传递出一种乐观向上、催人奋进的价值取向：谁都会怀旧，谁都会思乡，谁都会有苦闷和烦恼，与其伤感过去，沉溺于烦恼，不如超然物外，珍惜当下，追求现实的幸福。全词含蓄深沉，短小精悍，以诗为词，独树一帜，连珠妙语似随意而出，清新自然，显示出词人深厚的艺术功底。

水调歌头

丙辰[①]中秋，欢饮达旦，大醉，作此篇，兼怀子由。

明月几时有，把酒问青天[②]。不知天上宫阙，今夕是何年。我欲乘风归去，又恐琼楼玉宇，高处不胜寒。起舞弄清影，何似在人间。

转朱阁，低绮户，照无眠。不应有恨，何事长向别时圆[③]。人有悲欢离合，月有阴晴圆缺，此事古难全。但愿人长久，千里共婵娟[④]。

【注释】

① 丙辰：宋神宗熙宁九年(1076)，岁次丙辰。时苏轼在密州任知州。

②“明月”二句：化用李白《把酒问月》：“青天有月来几时？我今停杯一问之。”

③“不应”二句：月亮既圆，便不应有遗憾了，但为什么偏偏要趁着人们离别的时候团圆呢？

④ 婵娟：此指美丽的月光。

【简析】

这首词是熙宁九年(1076)中秋苏轼作于密州，这是一首为人传诵的中秋词。通过中秋望月时的想象和描写，表现了词人热爱生活、怀念兄弟的心境。上片，因月而生遐想。起句即发问，有破空而来之感，思绪发散，想象飞腾，纵驰天上人间。既设想在月中宫殿临风起舞，又留恋人间的温馨，在出世与入世的矛盾中，词人选择了后者，面对现实，对人间生活寄予了无限的热爱。下片，因中秋之月而生亲人之思。由怀念弟弟而联想到人间的离别，接着在知天理、明人事的基础上，指出人月无常，自古皆然，悲欢离合与阴晴圆缺从来都无可奈何，心情愉悦才是人生的真谛。无须为离别而忧伤，各自保重，长毋相忘。虽有无可奈何之感，但情意深厚，语重心长。全词笔调奇逸，风格健朗，深情而不消沉，婉转而不失旷达。词人把

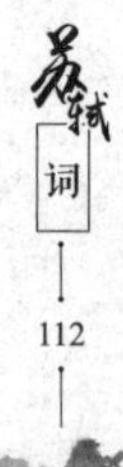

抒情、写景、议论熔于一炉，借助奇妙的幻想飞驰于天上人间的形象，反映出其由渴求超脱的思想转化为喜爱人间生活的矛盾过程，给人以强烈的感染，也使之成为文学史上极负盛誉的名篇。清朝词评家胡仔《苕溪渔隐丛话·后集》卷三十九云："中秋词，自东坡《水调歌头》一出，余词尽废。"

阳关曲[①]　中秋作

暮云收尽溢清寒[②]，银汉[③]无声转玉盘[④]。

此生此夜不长好，明月明年何处看？

【注释】

① 阳关曲：词调出自王维的《送元二使安西》，诗中有"西出阳关无故人"，故名为"阳关曲"。又因诗中有"渭城朝雨浥轻尘"，所以又名"渭城曲"，由于这种诗体的平仄与一般的诗句不同，所以通常作为词收录。

② 溢清寒：指清冷的月光如水一般溢出来。

③ 银汉：银河。

④ 玉盘：指月亮。李白《古朗月行》："小时不识月，呼

作白玉盘。”

【简析】

此词是熙宁十年(1077)苏轼任徐州知州时所作，是一首与苏辙伤离别的词。熙宁九年(1076)十二月，苏轼由密州改知河中府，未到任又改知徐州，多年未见面的苏轼、苏辙兄弟相聚于京城，第二年四月，苏辙送苏轼赴任徐州，在徐州同住百余日，过了中秋节，苏辙赴南京签判任，苏轼“作此曲以别”。他晚年贬官岭南途中也曾回忆“余十八年前中秋夜，与子由观月彭城，作此诗”。前两句写“中秋月”，写出了暮云收尽，清凉寂静，明月如盘，月光似水的中秋美景。后两句抒怀，“此生此夜”兄弟团聚，共赏明月真好，但兄弟即将分离，“此生此夜”又太短，真是好景不长，聚散无定，满含伤感之情。需要强调的是，末尾两句的“此生此夜”与“明月明年”作对，用“不长好”和“何处看”作唱答，语境自然，意思衔接，字面工整，对仗天成，不仅朗朗上口，而且极具感染力，在浓郁的伤感中蕴含着一种哲理。

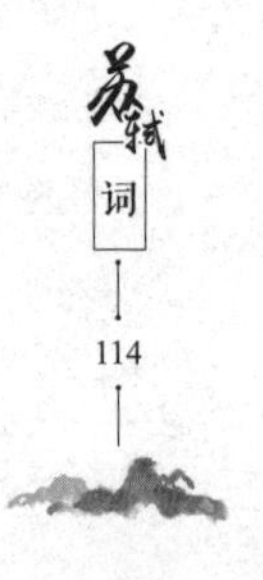

水调歌头

余去岁在东武，作《水调歌头》以寄子由。今年子由相从彭门百余日，过中秋而去，作此曲以别。余以其语过悲，乃为和之。其意以不早退为戒，以退而相从之乐为慰云。

安石在东海，从事鬓惊秋[①]。中年亲友难别，丝竹缓离愁[②]。一旦功成名遂，准拟东还海道，扶病入西州[③]。雅志困轩冕[④]，遗恨寄沧州[⑤]。

岁云暮，须早计，要褐裘[⑥]。故乡归去千里，佳处辄迟留。我醉歌时君和，醉倒须君扶我，惟酒可忘忧。一任刘玄德，相对卧高楼[⑦]。

【注释】

①“安石”二句：安石指谢安，字安石，长居东海之滨，徜徉山水，无仕进意。及仕，已四十余岁，见《晋书·谢安传》。苏轼时知任徐州知州，年四十二岁，故以谢安自况。

②“中年”二句：用谢安典。《晋书·王羲之传》：“谢安尝谓羲之曰：‘中年以来，伤于哀乐，与亲友别，辄作数日恶。’羲之曰：‘年在桑榆，自然至此。顷正赖丝竹陶

写……’”丝竹，管弦乐器，泛指音乐。

③“一旦”三句：原想功成名退，退回故里，谁想老病未能如愿。谢安尝造泛海之装，拟功成名遂，自江道东还。“雅志未就遂遇疾笃”，扶病入西州门。见《晋书·谢安传》。西州代指东晋都城建康（今江苏南京）。

④“雅志”句：雅志，指归隐之志。轩冕，古时大夫以上官员的车乘和冕服，这里借指官位爵禄。

⑤沧州：水滨，隐者所居之处。

⑥褐裘：粗布或粗布衣服。

⑦“一任”二句：任他刘备去怀天下之志，我却要效法陈登卧于高楼，无忧无虑。刘备，字玄德，尝与许汜论天下英雄。汜谓陈登（字元龙）“豪气不除”，“见元龙，无客主意，久不相与语，自上大床卧，使客卧下床”。见《三国志·魏书·陈登传》。

【简析】

这首词作于熙宁十年（1077）八月中秋以后。从词前小序中可得知去年中秋苏轼还在密州时写了一首著名的《水调歌头》给苏辙，今年中秋兄弟俩难得在徐州共度佳节，苏辙临别时写了一首《水调歌头·徐州中秋》。苏轼认为弟弟的作品语调过于悲凉，就步苏辙的韵创作了这首词，原是安慰兄弟，也是提醒自己不要过于留恋功名，还是早点归隐，共享“相从之乐”。上片咏史，写东晋谢安

的经历，着眼于谢安中年出仕的尴尬，又写人情的难堪，借音乐来抒写离愁，而后突出他一向抱有的功成身退的心愿，而结果却是“扶病入西州”，留下未能实现归隐山水而老病的遗恨。下片述怀，设想早日“退而相从之乐”。“早计”是对“遗恨”而言，其内容便是“要褐裘”，即辞官归隐，过平民生活。以下七句便是对这种生活的展开和设想：在千里归乡的途中，每逢山水名胜，随意逗留，尽情游乐，不必受官命和公事的约束和羁绊，充分享受兄弟“相从而乐”的美好时光——我歌君和，我醉君扶。我们已不在乎什么雄心壮志，唯酒忘忧即是我们的追求。这种种设想，情词恳切，言由衷发，表达了苏轼抽身隐退，归隐山林的夙愿和雅志，同时也是对其弟苏辙的宽慰，字里行间充满了兄弟之间的深情厚谊。

浣溪沙五首

徐门石潭谢雨，道上作五首。潭在城东二十里，常与泗水增减、清浊相应①。

【注释】

① 词前小序：此序是说这年春天大旱，苏轼按当地习

俗到徐州城东二十里的石潭祈雨，求雨后不久，恰好也降了雨，于是苏轼又到石潭去谢雨，路上写下了这组《浣溪沙》，共五首。

其　一

照日深红暖见鱼，连村绿暗晚藏乌。黄童白叟聚睢盱[①]。

麋[②]鹿逢人虽未惯，猿猱[③]闻鼓不须呼。归来说与采桑姑。

【注释】

①“黄童”句：黄发儿童和白发老翁纷纷围观。黄童，指幼童。白叟，白发老翁。睢盱（suī xū）：喜悦貌。

① 麋：鹿类，比鹿大。

② 猱（náo）：古书上说的一种猴子。

其　二

旋抹红妆看使君[①]，三三五五棘篱门。相排踏破茜罗裙[②]。

老幼扶携收麦社[3]，乌鸢翔舞赛神村[4]。道逢醉叟卧黄昏。

【注释】

①“旋抹”句：急急忙忙涂脂抹粉去看到来的使君。旋，紧迫之辞，犹急。使君，汉魏称太守，此指知州苏轼。

②“相排”句：村女争看知州下乡，拥挤中有人的红裙被踩住而撕破。相排，互相推挤。茜（qiàn）罗裙，红色的丝绸裙子。

③收麦社：指为收麦季节所举行的祭神活动。社，社祭，祭土地神。

④“乌鸢”句：正在赛神的村子里，乌鸦闻到祭品的气味，就在村子上空盘旋飞翔。乌鸢（yuān），乌鸦和鹞子，这里指乌鸦。赛神，古时农村社祭时的迎神赛会活动。

其　三

麻叶层层苘[1]叶光，谁家煮茧[2]一村香。隔篱娇语络丝娘[3]。

垂白杖藜[4]抬醉眼，捋青捣麨软饥肠[5]。问言豆叶几时黄？

【注释】

①“麻叶”句：麻叶茂盛，层层叠叠，叶子滋润有光泽。苘(qǐng)，麻类植物，可制作麻袋和绳索。

② 煮茧：缫丝时置蛹茧沸水中，有香味散发。

③“隔篱”句：隔着篱笆墙传来缫丝姑娘娇美的声音。络丝娘，此处有意用作双关语，既指昆虫“纺织娘”，亦指缫丝姑娘。

④ 垂白杖藜：白发老人拄着藜杖。杜甫《屏迹二首》(其二)：“杖藜从白首，心迹喜双清。”

⑤“捋青”句：把新麦炒成干粮来充饥。捋青，用手捋下穗上未长老的麦粒。捣麨(chǎo)，将麦粒炒熟而磨细，制成炒面。软饥肠，犹言饱饥肠。

其　四

簌簌衣巾落枣花，村南村北响缫车[①]。牛衣[②]古柳卖黄瓜。

酒困路长惟欲睡，日高人渴漫思茶。敲门试问野人家。

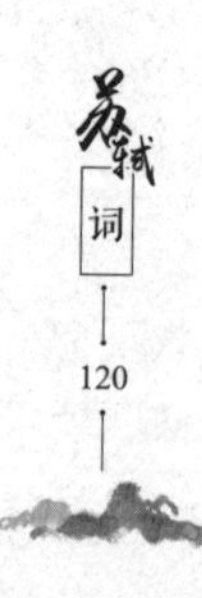

【注释】

①“簌簌”二句：枣花落在衣襟上发出簌簌的声音，村子的南头北头都可听到缫丝车在响。簌簌，纷然下落的样子。唐元稹《连昌宫词》：“风动落花红簌簌。”缲车，缫丝的工具，因有轮旋转以收丝，故谓缲车。唐王建《田家行》：“五月虽热麦风清，檐头索索缲车鸣。”

② 牛衣：编草或麻成蓑衣以暖牛体者。此泛指卖瓜者衣着褴褛。

其　五

软草平莎过雨新[1]，轻沙走马路无尘[2]，何时收拾耦耕身[3]。

日暖桑麻光似泼[4]，风来蒿艾气如薰[5]。使君元是此中人。

【注释】

①“软草”句：雨后地上的青草长得鲜嫩整齐。莎，一种莎草，多年生草本植物，地下有纺锤形细长块根，称香附子，可入药。《楚辞·招隐士》载：“青莎杂树兮，薠草靃靡。”洪兴祖补注：“《本草》云：莎，古人为诗多用之。此草根名

香附子，荆襄人谓之莎草。”

②“轻沙”句：带沙的泥路，雨后既不泥潦也不飞尘土。

③“何时”句：此句有归隐田园之意。收拾，安排，整治。耦(ǒu)耕：两人并耜而耕，语出《论语·微子》“长沮、桀溺耦而耕”。

④“日暖”句：阳光照在桑麻上，就像泼上去的水一样闪光。

⑤“风来”句：风吹来蒿艾的气味，像薰香一样芬芳。薰，香草，又名蕙草。此指如薰之香气。

【简析】

这五首词是一个整体，不宜割裂开来，因此放在一起进行简析。

元丰元年(1078)初夏，作于徐州。苏轼在熙宁十年(1077)四月到徐州上任，七月黄河决堤，徐州遭水灾。苏轼率军民筑堤抗洪，保住城池，又实施一系列加固措施。为此，朝廷专门降敕书给予奖谕。水灾过后，第二年春天，又遭旱灾。苏轼按当地人说法，到城东石潭祈雨，后徐州甘霖普降，旱象解除，百姓欢天喜地，于是按照民间习俗，苏轼又往城外的石潭前去谢雨。这在当时无异于一种喜庆的仪式，其轰动效应可以想见，而往返途中又得以饱览田园风光，详察风土人情，品味乡村生活。这组《浣溪沙》描写的就是他在路上所见的乡村景象。作者以亲切的态

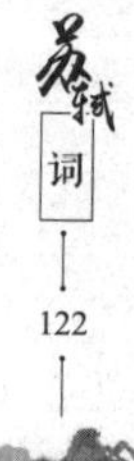

度、欢悦的心情、轻松的笔调、清新的语言，从不同的角度，生动地描绘出了五幅初夏徐州郊野的风情画，从中透露出他对自己治绩的愉悦感受和对田园生活的喜爱向往之情。

《浣溪沙》小序点出了写作的时间、地点、原因，对我们理解这五首词帮助很大。

第一首写石潭谢雨，但作者并未说明是作于抵达石潭之前还是自石潭返归的路上。首句“照日深红暖见鱼”显然所写的就是石潭，再从“照日深红”和“晚藏乌”的“晚”字来分析，则此际当是天色向晚、日已偏西之时。此词应写于谢雨仪式已行之后。上片主要写路途所见傍晚之景色和老幼聚观之场景。下片写村民观看祈雨盛会的情态。用麋鹿、猿猱暗喻老实木讷的农民和顽皮活泼的“黄童”，锣鼓一响就飞奔而来，情态逼真，饶有情趣。

第二首上片用大量篇幅活灵活现地描述农村妇女争看“使君”的场面。先写这些采桑姑娘挤在篱笆门外争观途经本地的太守，“旋抹红妆”的“旋”表现了临时仓促之意；“抹”字形象地写出了妇女们忙不迭地进行应急式化妆的样子。第二句“三三五五棘篱门”，描写妇女们争看太守纯粹出于自发，却带有“夹道欢迎”的意思。第三句“相排踏破茜罗裙”，“排”有连推带挤之意，以致妇女们把漂亮的红裙子也踩破了。作者虽然没有正面描写气氛如何热烈，而农民爱戴使君的热烈情感已流露无遗。下片写夏初农村收麦的风俗人情，“道逢醉叟卧黄昏”这一句耐人寻味。有人说，太守既来村中，当然以酒食慰劳村民，于是出现了还未等走回家便已醉倒路边的农村老汉。也有人认为，既然喜雨，则丰收在望，加上太守下乡慰劳，农民便饮酒自贺，不觉醉卧道边。两者都可讲通。

第三首是写夏日的田园风光以及词人与民同乐的情怀。上片描写村外的层层麻叶因雨的滋润而泛着光泽，村内处处飘散着煮茧的清香，不时能听到篱笆边传来缫丝女子悦耳的谈笑声，形象生动地勾画出大旱得雨后的农村景象和农人的喜悦心情。下片描写老者的憨厚形象，作者从青黄不接的状况中意识到农民尚存饥饿之忧，于是关切地询问豆类作物何时能熟，显示出作者对农事和农民的深切关怀。

第四首描述了一路上的见闻、感想和乡村初夏生机勃勃的景象。上片写农村的景象，由近及远既有视之可见的衣巾、枣花，又有缫车、牛衣、古柳、黄瓜等联系起来的枣花落衣巾之音、缫车缫丝声、黄瓜叫卖声等听觉的参与，视听结合，传神地展现出雨后乡间一片活力的图景，表现了作者的欣喜之情；下片写作者自己的状态，酒后漫长行路使人困乏不堪，太阳逐渐升高晒得人口渴想喝茶，只能敲响乡野人家的门讨口水喝，“试问”一句包含着作者贸然敲门打扰而忐忑的心情，真实地写出自身的切实感受。

第五首写归途的景色与感想。上片写草软沙轻，路不扬尘，写雨后景物的清新，发出何时收身官场、归耕田园的感慨。下片以桑麻油绿、遍地飘香写田园风光的美丽，由此醒悟自己原来就是此中之人。意思是说农村风物自己是熟悉的，对农村的桑麻艾蒿、暖日熏风是充满感情的，他是村民中的一员，是他们的朋友，是土地的主人。末句"使君元是此中人"是由衷之叹。

读完以上五首《浣溪沙》，一股清新自然的乡村气息扑面而来，给人以耳目清新之感。其中人物不再是过去的渔父、莲娃，而是卖瓜人、采桑姑；场景不再是过去的闺房绣户、小园香径，而是棘篱门、古杨柳；闻到的香味也不再是龙涎香、兰花香，而是枣花香、煮茧香、蒿艾香。可以说作者真正将词从一个狭小的圈子拉回到了宽广的社会生活中，为词开辟了一块崭新的疆域。值得一提的是，在这一组节奏明快、情调欢畅、风格朴实、充满浓厚乡趣的作品中，也展示了苏轼关注民生、为民忧喜的亲民形象。

南乡子 自述[①]

凉簟[②]碧纱厨[③]。一枕清风昼睡余。睡听晚衙[④]无一事，徐徐，读尽床头几卷书。

搔首赋归欤[5]。自觉功名懒更疏[6]。若问使君[7]才与气，何如，占得人间一味愚。

【注释】

① 自述：题目一作《和杨元素》。

② 簟（diàn）：竹席。

③ 纱厨：方顶的纱帐，古人挂在床的木架子上，夏天用来避蚊蝇。

④ 晚衙：旧时官署长官一日早晚两次坐衙。早晨坐衙称“早衙”，傍晚申时坐衙称“晚衙”。

⑤ 归欤：思归之叹，犹今日之言“回去罢”。《论语·公冶长》载：“子在陈曰：‘归欤，归欤！’”后以“赋归欤”表示告归、辞官、归里。

⑥ 懒更疏：指懒散，不耐拘束。

⑦ 使君：此系作者自指，时任徐州知州。

【简析】

此词作于元丰元年（1078）夏末秋初之际，苏轼时任徐州知州。这首词是一首遣兴之作，更是一首咏怀之作。上片写自己睡醒之际，偷闲读书之事。黄昏之时，晚风吹动碧纱橱帐，听外边公堂无事，便不忙起床，徐徐将床头几卷书读完，“尽”字表明了此时的悠闲，展示出一种淡然

的心态。下片主要议论，当年孔子在陈国的时候，曾发出“归欤”的感叹。苏轼将二字用于此处目的是表达自己想要归隐的心态。“自觉”句透露出一种自嘲的心境，他对于功名已经没有什么渴望，若要谈及有什么才能和特长，也只是占了“愚”一字而已。需要指出的是，苏轼在这里仅仅是一种自谦的调侃而已，实际上，他在政务上一直是上心的，是实实在在干事的。他在徐州任上关注民生，政绩卓著，在遭洪水围困的七十多天里，“庐于其(城墙)上，过家不入，使官吏分堵以守，卒全其城”(《宋史·苏轼传》)，这种为民干实事的态度和遗爱徐州的精神注定他不能做到真正的归隐。整个下片的议论表面上看都是自嘲，仿佛在贬低自己，但实际上是在表达一种摆脱世俗功名束缚的愿望和庆幸自己在某些方面的超脱。

永遇乐

彭城夜宿燕子楼[①]，梦盼盼[②]，因作此词。

明月如霜，好风如水，清景无限。曲港跳鱼，圆荷泻露，寂寞无人见。紞如三鼓[③]，铿然[④]一叶，黯黯梦云[⑤]惊断。夜茫茫，重寻无处，觉来小园行遍。

天涯倦客，山中归路，望断故园心眼[⑥]。燕子楼空，佳人何在，空锁楼中燕。古今如梦，何曾梦觉，但有旧欢新怨。异时对，黄楼[⑦]夜景，为余浩叹。

【注释】

① 燕子楼：在彭城（今江苏徐州），相传唐节度使张建封（一说张建封之子张愔）为其爱妓盼盼在宅邸所筑小楼，因飞檐翘如燕子翅膀，故名“燕子楼”。

② 盼盼：旧说为张愔的爱妾，擅歌舞，风姿绰约。张愔死后，“盼盼念旧爱而不嫁，居是楼十余年。”（见白居易《燕子楼三首并序》）

③ “紞（dǎn）如”句：紞如，击鼓声。如，助词。三鼓，三更天的鼓声。

④ 铿然：清越的音响。

⑤ 梦云：夜梦神女朝云。此处喻梦见盼盼。典出宋玉《高唐赋》载，楚襄王梦见巫山神女自称“旦为朝云，暮为行雨”。

⑥ 心眼：心愿。

⑦ 黄楼：彭城东门上的大楼，为苏轼在徐州任知州时建造。

【简析】

此词作于元丰元年（1078）秋。苏轼是徐州知州，燕

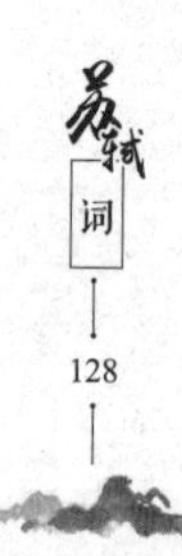

子楼故地在城西北角，故有此梦而作。上片写梦，词的开端以景生发，写燕子楼小园之夜，月光如霜雪般皎洁，清风如流水般清凉，其清幽之景映入眼帘。接着景物由大到小，由静到动，跳鱼荷露，活泼可爱，以动衬静，愈加静谧。随后由眼中之景转向听觉，梦中惊醒的诗人黯然心伤，远处三更的鼓声，近处叶落的声音，都是如此的清晰，夜的清幽宁静可想而知。上片后三句寻梦，梦幻之中的逍遥之意与眼下梦醒之后追寻无果的怅然若失形成对比，更增忧伤之感。下片抒怀，展开议论，在茫茫的夜色中，梦景与夜景如真如幻，作为常年离乡为官之人，自然触动了心灵深处对宦游生活的厌倦和归隐故园的情思，再看眼前的人去楼空，物是人非，古往今来的一切都是梦幻，然而何曾梦醒，只能给后人留下一些新欢旧怨的历史遗迹而已。最后三句，苏轼由燕子楼想到他在徐州建立的黄楼，黄楼是他率领军民抗洪胜利的标志，也是他遗爱徐州的丰碑。现在他为“燕子楼空”而兴叹，而将来离开徐州后，又会有谁对着黄楼的夜景为自己而感叹呢？这首词写景简约而优美，形象且生动，由写景而转思人，由故人而念及自己，寄情于景，怀古伤今，如风行水面，自然成文。这首词以其内在的逻辑性和强烈的抒情色彩给人留下了深刻的印象和浓郁的审美感受。

江城子 别徐州

天涯流落思无穷。既相逢，却匆匆。携手佳人，和泪折残红。为问东风余几许，春纵在，与谁同。

隋堤[1]三月水溶溶[2]。背归鸿[3]，去吴中[4]。回首彭城，清泗[5]与淮通。欲寄相思千点泪，流不到，楚江东[6]。

【注释】

① 隋堤：隋炀帝时开通济渠，引汴水入黄河与淮河相通，沿渠筑堤，故称隋堤。

② 溶溶：河水缓慢流动的样子。

③ 背归鸿：苏轼南下吴地，此时正是春天，大雁飞回北方，故云“背归鸿”。

④ 吴中：湖州在三国时属吴，故称吴中。

⑤ 清泗：泗水，源自山东，南下流经徐州，后注入淮河。

⑥“欲寄”三句：想通过水流从湖州把相思之泪寄到徐州，怎奈它流不到楚江的东头。彭城，古属楚地，故云“楚江东”。

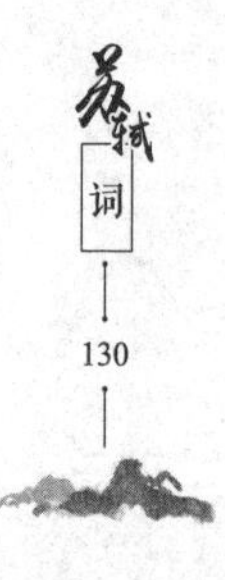

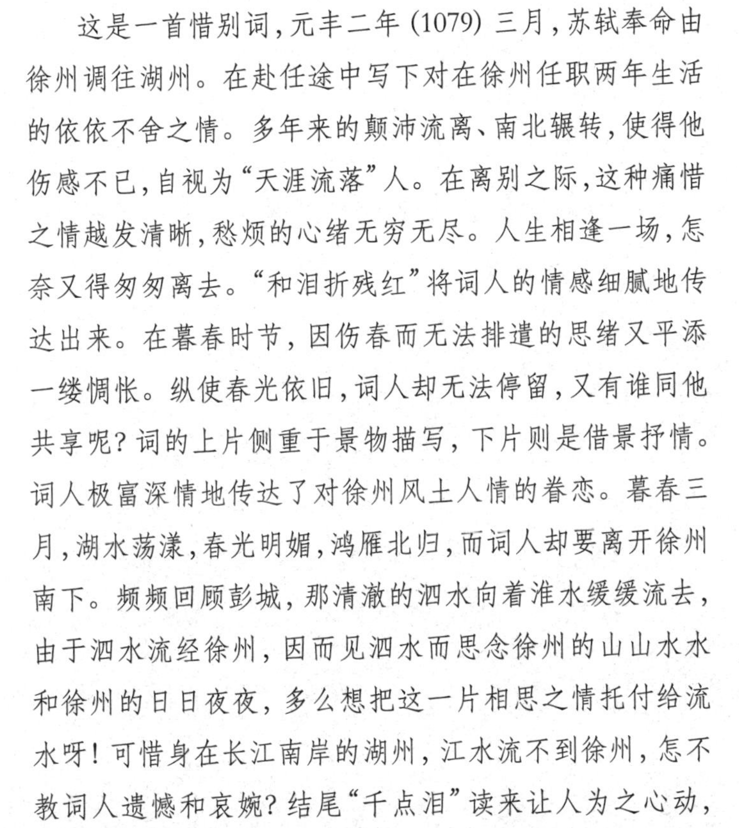

【简析】

这是一首惜别词，元丰二年（1079）三月，苏轼奉命由徐州调往湖州。在赴任途中写下对在徐州任职两年生活的依依不舍之情。多年来的颠沛流离、南北辗转，使得他伤感不已，自视为“天涯流落”人。在离别之际，这种痛惜之情越发清晰，愁烦的心绪无穷无尽。人生相逢一场，怎奈又得匆匆离去。“和泪折残红”将词人的情感细腻地传达出来。在暮春时节，因伤春而无法排遣的思绪又平添一缕惆怅。纵使春光依旧，词人却无法停留，又有谁同他共享呢？词的上片侧重于景物描写，下片则是借景抒情。词人极富深情地传达了对徐州风土人情的眷恋。暮春三月，湖水荡漾，春光明媚，鸿雁北归，而词人却要离开徐州南下。频频回顾彭城，那清澈的泗水向着淮水缓缓流去，由于泗水流经徐州，因而见泗水而思念徐州的山山水水和徐州的日日夜夜，多么想把这一片相思之情托付给流水呀！可惜身在长江南岸的湖州，江水流不到徐州，怎不教词人遗憾和哀婉？结尾“千点泪”读来让人为之心动，肝肠寸断，余韵悠长。

西江月 平山堂[①]

三过平山堂下[②]，半生弹指[③]声中。十年不见老仙翁[④]，壁上龙蛇飞动。

欲吊文章太守，仍歌杨柳春风[⑤]。休言万事转头空，未转头时是梦[⑥]。

【注释】

① 平山堂：位于江苏扬州西北郊蜀冈中峰大明寺内，是宋仁宗庆历八年（1048）欧阳修任扬州知州时所建。

②"三过"句：苏轼任杭州通判，赴密州，移官湖州，曾三次路过扬州。元丰二年（1079）四月，第三次过扬州，作《西江月》词。

③ 弹指：指时间过得很快。

④"十年"句：老仙翁，指欧阳修。苏轼于熙宁四年（1071）见欧阳修于颍州，至此时，凡九年。言十年者，举其成数。

⑤"欲吊"二句：欧阳修卒于熙宁五年（1072），作者想要去吊祭。"文章太守""杨柳春风"，化用欧阳修《朝中措·送刘仲原甫出守维扬》："平山栏槛倚晴空，山色有无中。手种堂前垂柳，别来几度春风？"

⑥"休言"二句：化用白居易《自咏》："百年随手过，万

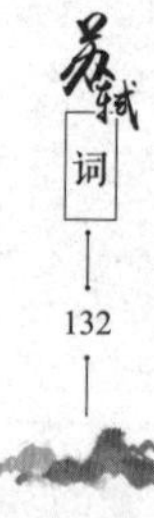

事转头空。”这里更进一层，未转头时已成梦幻！

【简析】

此词写于元丰二年(1079)四月，是苏轼为怀念恩师欧阳修所作。苏轼自徐州调知湖州，生平第三次路过平山堂。这时距苏轼和欧阳修最后一次见面已达九年，而欧阳修也已逝世八年，缅怀先辈，往事如烟，百感交集，顿生万事皆空之念。上片写词人瞻仰欧阳修手迹而生的感慨和对欧阳修的追怀。开头两句由“三过平山堂”引发人生的感慨：光阴易逝，人生易老，弹指一挥间。后两句在欧阳修留下的“龙蛇飞动”的墨迹中借物思人，追怀恩师，短短两句敬重与怀念之情跃然纸上。下片紧承“十年”两句，化用欧阳修原词凭吊恩师，“文章太守”“杨柳春风”都运用了欧阳修词中的原句，既形象生动地再现了欧公当年的风流倜傥，又彰显了苏轼对欧阳修的真挚怀念，这种时空穿越的语境转换绝妙，让人回味无穷。最后两句，化用白居易的诗句抒发了人生如梦、世事皆空的情怀。“百年随手过，万事转头空。”欧公仙逝了，他的往事随风飘去，而我们这些活在世上的人，又何尝不是在梦中，终归一切空无。人生虚幻，那挫折和失意又算得了什么呢？应该说，这种感叹与全词的基调是吻合的，也和苏轼一生坦然面对宦海沉浮的豁达是相通的。

卜算子 黄州定惠院寓居作①

缺月挂疏桐，漏断人初静。谁见幽人②独往来，缥缈孤鸿影。

惊起却回头，有恨无人省。拣尽寒枝不肯栖，寂寞沙洲冷③。

【注释】

① 黄州定惠院寓居作：定惠院，亦作“定慧院”，故址在今黄冈东南。元丰三年（1080）五月，苏轼迁居临皋亭。

② 幽人：语出《周易·履·九二》：“履道坦坦，幽人贞吉。”意为幽囚之人，引申为幽居之人，东坡时为罪官，本义与引申义兼有。

③ “拣尽”二句：传说中孤鸿从不栖息于寒木之上，只宿于寒冷沙滩的芦苇丛中。

【简析】

这首词是元丰三年（1080），苏轼寓居黄州定惠院时所作。当时他因“乌台诗案”刚贬黄州，由于出狱不久，惊魂未定，心情孤寂，内心深处的幽独与寂寞是常人无法理解的。此词正是这种心境的表现。上片写月夜小院所见

的“景色”：静夜的残月，寂寥的疏桐，黑夜中孤单的幽人徘徊在暗淡的月光下，宛如一只缥缈的孤鸿。在此，词人以“孤鸿”自喻，反映了自己内心的孤独和痛苦。下片起首两句非常形象精彩，孤鸿遇惊飞下，频频回头，黑暗中惊魂不定，只能顾影自怜，这种凄苦和孤独正是词人此刻的心情写照。最后两句笔锋一转，令人为之一振：孤鸿尽管惊魂无助，但它仍然不肯随意找一只树杈栖息，宁愿宿于寒冷的沙丘芦苇之中，表达了词人虽遭厄运而不苟合流俗的高洁情操。这首词的境界，确如黄庭坚所说：“语意高妙，似非吃烟火食人语，非胸中有万卷书，笔下无一点尘俗气，孰能至此！”

满江红 寄鄂州朱使君寿昌[①]

江汉西来，高楼下、蒲萄深碧。犹自带、岷峨雪浪，锦江春色。君是南山遗爱守[②]，我为剑外[③]思归客。对此间、风物岂无情，殷勤说[④]。

江表传[⑤]，君休读。狂处士[⑥]，真堪惜。空洲对鹦鹉，苇花萧瑟[⑦]。独笑书生争底事，曹公黄祖俱飘忽。愿使君、还赋谪仙诗，追黄鹤[⑧]。

【注释】

① 朱使君寿昌：朱寿昌，字康叔，时为鄂州（今湖北武汉武昌）知州。

② 南山遗爱守：南山，即终南山，在今西安，朱寿昌曾任陕州通判，故称。

③ 剑外：剑门关外，苏轼的家乡在四川眉山，唐人称剑门关以南的蜀中为剑外。

④ “对此间”二句：面对这些风土人物，难道能不动情？不道出一番殷勤之情吗？

⑤ 江表传：主要记载三国时吴国人物事迹的书，多见汉末群雄竞逐之义，《三国志》多引以为证。

⑥ 狂处士：指祢衡，汉末文学家，性刚傲物，曾击鼓骂曹操。后被江夏太守黄祖所杀。

⑦ “空洲”二句：只能空对鹦鹉洲，苇花依旧萧瑟。空洲，指鹦鹉洲，在今湖北汉阳南。祢衡死后埋葬在此，因他曾作有《鹦鹉赋》，故后人称此地为鹦鹉洲。

⑧ “还赋”二句：希望使君能像李白一样，追攀崔颢的名作《黄鹤楼》。谪仙，指李白。黄鹤，代指崔颢《黄鹤楼》。”

【简析】

这首词作于元丰四年（1081）暮春。苏轼贬居黄州期间，认识了鄂州知州朱寿昌，他们之间友谊较深，常有书信往来，朱寿昌对苏轼也时有馈赠，苏轼作此词以谢之。

上片由景及情，想象友人住地鄂州附近壮丽汹涌的江景，大笔勾勒，突兀而起，描绘出大江千回万转、浩浩荡荡、直指东海的雄伟气势。由此，苏轼联想到长江上游的“岷峨雪浪”“锦江春色”，引出对家乡的思念和赞美。再由景到人，联想到两人都是客宦在外，引出身世之感、故园之思。在此，苏轼以自己“剑外思归客”的身份，表达了对朱寿昌“南山遗爱守”的赞誉和肯定，并进而感叹，面对此地风情和如此太守，谁能不为之感动？下片即景怀古，由鄂州的历史人物联想到历史的无情，是非成败转头空，不如超脱世事，寄理想于文章。词中既开怀倾诉，谈古论今，又景中寓情，关照友我双方。作者用李白、崔颢的诗，直抒胸中块垒，一方面表现了自己的内心世界，同时也勉励朱寿昌追慕前贤，“还赋谪仙诗，追黄鹤”，去追求更豁达的人生境界。这首词由景及情，思乡怀古，吟咏自然，议论纵横，用典贴切，浑然天成，语句豪迈奔放，有“江汉西来”的气势。

水龙吟　次韵[①]章质夫[②]杨花词

似花还似非花，也无人惜从教坠[③]。抛家傍路，思量却是，无情有思。萦损[④]柔肠，困酣娇眼，欲开还闭。梦随风万里,寻郎去处,又还被、莺呼起。

不恨此花飞尽,恨西园落红难缀[⑤]。晓来雨过,遗踪何在?一池萍碎[⑥]。春色三分:二分尘土,一分流水。细看来,不是杨花,点点是离人泪。

【注释】

① 次韵:依他人词的原韵和作,因此称“次韵”或“步韵”。

② 章质夫:章楶(jié),字质夫,蒲城(今福建建瓯)人,宰相章惇之兄,苏轼好友。

③ 从教坠:听任坠落。

④ 萦损:离别情思的萦绕折磨。

⑤ 落红难缀:已落的花朵再难以接上枝头。写春残景象。

⑥ 一池萍碎:苏轼自注:“杨花落水为浮萍,验之信然。”此说法乃古人传说,杨花落入水池,视之如浮萍一般。

【简析】

此词作于苏轼贬谪黄州期间,一般认为写于元丰四年(1081)。这首词是苏轼为和其友人章楶所写咏杨花词《水龙吟》而创作的。上片开头便是“似花还似非花,也无人惜从教坠”,言其有花之形,而无花之香,因而得不到人们的珍惜和爱怜。接着用拟人手法,从花过渡到人,从

杨花飞离枝头，“抛家”而去，然而又“傍路”而行，从难舍的离家矛盾中，过渡到思妇幽怨缠绵的情思和无所适从的情状：愁思扰，柔情断，困酣娇眼，刚想睁开又闭去，梦行万里，欲寻夫去，却被黄莺唤起。下片偏重抒情，开头即直抒诗人惜花之情，与上片起首两句遥相呼应。以“落红难缀”来衬托杨花，一场风雨后更不见其踪迹，表达了作者对杨花境遇的同情。接着，作者顺势进入对惜春的深入描写，把“春色”一分为三，二分变为尘土，一分付予流水，其踪迹犹如杨花一样无处可寻，也就是说春已尽了，一去不复返了。这个概括极其精妙，情景交融，顺其自然，又出神入化。最后是作者于春尽之后的感叹，既呼应了上片少妇的思情，又画龙点睛，烘托出全词的主旨和基调。此词是一篇于咏物中写人的杰作，运用神妙之思，以拟人化的手法紧紧扣住杨花之飘落无着和孤寂无依的特征，将物性与人情了无痕迹地融在一起，寄喻了苏轼自己遭贬外地、飘忽不定，痛感光阴虚度。苏轼此词虽是次韵和词，但它却能高过原作，成为一篇佳作。南宋词家张炎曾说：“在和韵词中，苏轼这首《水龙吟》真是压倒古今。”清代王国维在《人间词话》中说：“东坡杨花词和韵而似原唱，章质夫词原唱而似和韵。才之不可强也如是。”

满庭芳

蜗角[①]功名，蝇头[②]微利，算来著甚[③]干忙。事皆前定，谁弱又谁强？且趁闲身未老，尽放我、些子[④]疏狂[⑤]。百年里，浑教是醉，三万六千场[⑥]。

思量，能几许，忧愁风雨，一半相妨，又何须抵死，说短论长[⑦]。幸对清风皓月，苔茵[⑧]展、云幕高张。江南好，千钟美酒，一曲《满庭芳》。

【注释】

① 蜗角：蜗牛的触角，言其貌小。

② 蝇头：本指小字，此取微小之义。

③ 著甚：犹言作甚，凭什么。

④ 些子：少许，一点儿。

⑤ 疏狂：狂放不羁貌。

⑥“百年里”三句：化用李白《襄阳歌》：“百年三万六千日，一日须倾三百杯。”浑，整个儿，全部。教，使。

⑦ 抵死：竭力。

⑧ 苔茵（yīn）：以苍苔作褥席。

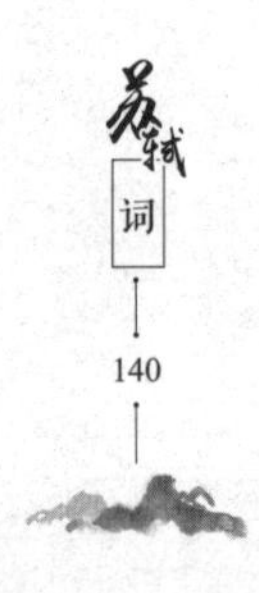

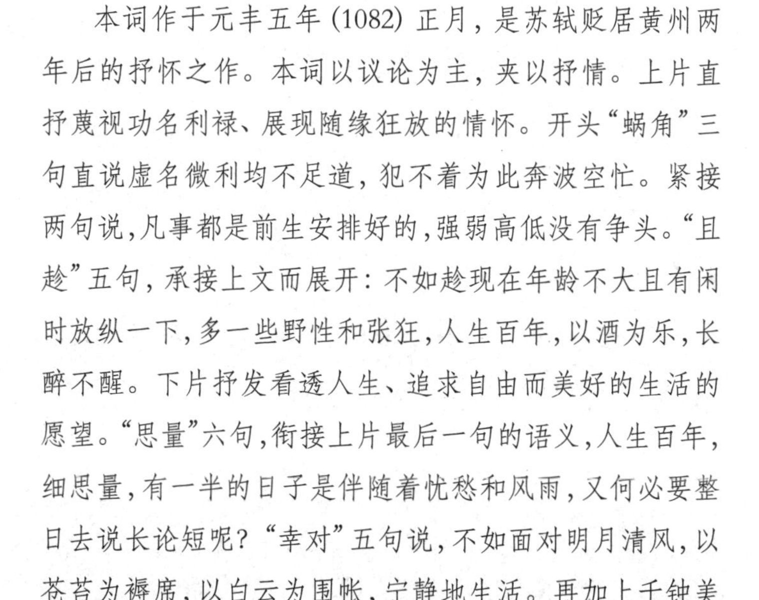

【简析】

本词作于元丰五年 (1082) 正月，是苏轼贬居黄州两年后的抒怀之作。本词以议论为主，夹以抒情。上片直抒蔑视功名利禄、展现随缘狂放的情怀。开头“蜗角”三句直说虚名微利均不足道，犯不着为此奔波空忙。紧接两句说，凡事都是前生安排好的，强弱高低没有争头。“且趁”五句，承接上文而展开：不如趁现在年龄不大且有闲时放纵一下，多一些野性和张狂，人生百年，以酒为乐，长醉不醒。下片抒发看透人生、追求自由而美好的生活的愿望。“思量”六句，衔接上片最后一句的语义，人生百年，细思量，有一半的日子是伴随着忧愁和风雨，又何必要整日去说长论短呢？“幸对”五句说，不如面对明月清风，以苍苔为褥席，以白云为围帐，宁静地生活。再加上千钟美酒，一曲《满庭芳》。全词的主旨是人生苦短，兼伴有风雨忧愁，莫被名缰利锁，莫去争短论长，抓住现在好好生活。它反映了苏轼对人生的看法，也是他为宽慰自己那饱受风霜忧患的心灵而开出的良方。

定风波

三月七日，沙湖[①]道中遇雨。雨具先去，同行皆狼狈，余独不觉。已而遂晴，故作此。

莫听穿林打叶声，何妨吟啸且徐行。竹杖芒鞋[②]轻胜马，谁怕？一蓑[③]烟雨任平生。

料峭[④]春风吹酒醒，微冷，山头斜照却相迎。回首向来萧瑟处[⑤]，归去，也无风雨也无晴。

【注释】

① 沙湖：在今湖北黄冈黄州，亦称螺师店。

② 芒鞋：草鞋。

③ 蓑：蓑衣，用棕榈皮制的雨衣。

④ 料峭：形容春天的微寒。

⑤ 萧瑟处：指途中遇雨的地方。

【简析】

这首遇事抒怀之词作于元丰五年(1082)春，即苏轼因“乌台诗案”被贬黄州的第三年。从词前小序可知，苏轼和友人沙湖道中遇雨，这本是一件生活中的小事，但苏轼抓住这件小事借题发挥，妙笔生花，不断挖掘，生动形

象地塑造出一位风雨中泰然自若的达人形象。上片写苏轼偶遇风雨而不惧，悠然信步，且吟且啸，一副豁达超然的自信模样。下片写雨过日出的清新风光，回望刚刚过去的风雨萧瑟的地方已云消雾散，斜阳也收敛了光辉，一切都是瞬息，一切都已成为过去。表达了苏轼超然物外、不喜不忧的人生态度。在他看来，人生的境遇和自然界的风雨一样，都是阴晴不定的，而且不会有永远的阴晴，最终一切都会成为过去，不要自寻烦恼。这首词篇幅不长，但简朴中见深意，意境深远，内涵丰富。可以说，把生活和哲理二者自然完美地结合起来是这首词最显著的特点。

浣溪沙

游蕲水[①]清泉寺[②]，寺临兰溪[③]，溪水西流。

山下兰芽[④]短浸溪，松间沙路净无泥。潇潇暮雨子规[⑤]啼。

谁道人生无再少，门前流水尚能西。休将白发唱黄鸡[⑥]。

【注释】

① 蕲（qí）水：县名，今湖北浠水。

② 清泉寺：寺名，在蕲水县城外。

③ 兰溪：河流名，在浠水县城东约三里处，兰溪在此溪段水向西流。

④ 兰芽：兰草初生的嫩芽。

⑤ 子规：杜鹃鸟，又叫杜宇、杜鹃、催归。相传为古代蜀帝杜宇之魂所化，《成都记》载："望帝死，其魂化为鸟，名曰杜鹃，亦曰子规。"鸣声凄厉，诗词中常借以抒写羁旅之思。

⑥ 唱黄鸡：这里感慨时光的流逝。因黄鸡可以报晓，表示时光的流逝。白居易《醉歌示妓人商玲珑》："谁道使君不解歌，听唱黄鸡与白日。黄鸡催晓丑时鸣，白日催年酉前没。腰间红绶系未稳，镜里朱颜看已失。"

【简析】

此词作于元丰五年（1082）三月，苏轼被贬黄州时游览了蕲水清泉寺，从序中可知，苏轼游览的方位在清泉寺前、面临溪水西流的兰溪河。我国大陆西高东低，江河一般都是自西向东流入大海，兰溪河局部溪段却由东向西，苏轼认为这是一罕事，于是就以此作为写作本词的契机和借题发挥的着眼点。上片三句写所见到的初春暮景图：

山脚下新发的短短的兰草嫩芽生长在潺潺溪水边，山上松树间的沙石路上干净无泥，绵密暮雨中传来了杜鹃的凄鸣，从山下到山上林间及远处方向不断延伸，作者视觉同听觉并用，动静结合地展现了清泉寺所在地的自然风光。下片三句借景抒情，用反问句诘问，谁说人生不再年少？以门前流水尚能西流为佐证，发出了铿锵有力的回答：一切皆有可能。最后一句“休将白发唱黄鸡”表示自己绝不会甘于衰老而虚度年华，洋溢着自信自强的精神力量，体现出苏轼执着生活、豁达乐观的性格。通观此词，写景、抒情、议论完美结合，它启示人们：老去的只是年龄，不老的是气质和追求。年龄大了并不可怕，可怕的是意志衰退，自甘平庸。只要自己热爱生活，乐观上进，敢于追求，在任何年龄段都会让生命绽放出光彩。

念奴娇　赤壁[①]怀古

大江东去，浪淘尽、千古风流人物。故垒[②]西边，人道是、三国周郎[③]赤壁。乱石穿空，惊涛拍岸，卷起千堆雪。江山如画，一时多少豪杰。

遥想公瑾当年，小乔[④]初嫁了，雄姿英发。羽扇纶巾[5]，谈笑间，樯橹灰飞烟灭。故国神游，多情应笑我、早生华发。人生如梦，一尊还酹江月[6]。

【注释】

① 赤壁：此指黄州赤壁，一名“赤鼻矶”，在今湖北黄冈西。而三国古战场的赤壁，文化界认为在今湖北赤壁蒲圻西北。

② 故垒：旧时营垒，此指赤壁之战时残留的营垒。

③ 周郎：据《三国志·吴书·周瑜传》载：“周瑜，字公瑾，庐江舒人也……瑜时年二十四，吴中皆呼为周郎。”

④ 小乔：三国时周瑜之妻。

⑤ 羽扇纶（guān）巾：古代儒将的便装打扮。羽扇，羽毛制成的扇子。纶巾，青丝制成的头巾。

⑥ 一尊还酹（lèi）江月：尊，通“樽”，酒杯。古人以酒洒地，表示祭奠。这里指洒酒酬月，寄托自己的感情。

【简析】

这首词是元丰五年（1082）七月苏轼谪居黄州时所写。当时作者四十五岁，因“乌台诗案”被贬黄州已两年余。此词通过对黄州城外赤壁（赤鼻矶）壮丽风景的描写，表现了词人对三国时期周瑜谈笑破敌、英雄业绩的向往，抒发了作者凭吊古迹而引发的自己功业无成、白发已

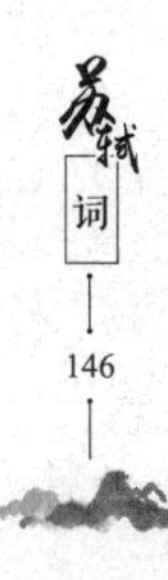

深的感慨。上片以描写黄冈赤壁的壮美风光为主，并把滚滚大江与千古风流人物结合起来，展现了一个极为广阔而悠久的时空背景，并由对江山如画的赞美，得出锦绣山河哺育无数英雄的结论。下片集中描写周瑜年少儒雅、风流倜傥、指挥若定的雄才和气度，反衬出苏轼被贬黄州的郁闷和壮志未酬的遗憾，这同苏轼振兴朝廷的祈望和有志报国的壮怀大相抵牾，所以当词人一旦从“神游故国”跌入现实，就不免思绪深沉、顿生感慨，而情不自禁地发出自笑多情、光阴虚掷的叹惋。此词感叹古今，一半现实一半虚幻；一半昂扬一半沉思，在对历史的追思中，唤起对人生的思考，给人以无限的想象。这首词雄浑苍凉、大气磅礴、动人心弦，又耐人寻味，融写景、抒情、怀古、思理为一体，堪称怀古抒情的千古绝唱。

南乡子 重九[①]涵辉楼呈徐君猷[②]

霜降水痕收[③]，浅碧[④]鳞鳞露远洲。酒力渐消风力软，飕飕，破帽多情却恋头[⑤]。

佳节若为酬[⑥]，但把清尊[⑦]断送秋。万事到头都是梦，休休[⑧]，明日黄花蝶也愁[⑨]。

【注释】

① 重九：重阳节。

② 涵辉楼呈徐君猷（yóu）：涵辉楼在黄冈西南，为当地名胜。徐君猷，名大受，当时为黄州知州。

③ 水痕收：指水位降低。

④ 浅碧：水浅而绿。

⑤ “破帽”句：据《晋书·孟嘉传》载，孟嘉于九月九日登龙山时帽子为风吹落而未觉，此后“落帽”成为重阳登高的典故。苏轼在此反其意而用之，为破帽恋头而偷乐和淡然。

⑥ “佳节”句：借用杜牧《九日齐山登高》：“但将酩酊酬佳节，不用登临恨落晖。”若为酬，怎样应付过去。

⑦ 尊：见前《念奴娇·赤壁怀古》注。

⑧ 休休：不要，此处意为不要再提往事。

⑨ “明日”句：唐郑谷《十日菊》：“节去蜂愁蝶不知，晓庭还绕折残枝。”苏轼《九日次韵王巩》：“相逢不用忙归去，明日黄花蝶也愁。”此词更进一层，谓重阳节后菊花凋萎，蜂蝶均愁。表达时过境迁的迟暮之感。

【简析】

此词元丰五年 (1082) 作于黄州。上片前两句描绘了一幅登楼远眺的景象，深秋霜降时节，江水退却沙渚初露，波澜壮阔间勾勒出天高气清、明丽雄阔的秋景。“酒力渐消”时分，皮肤仍旧敏感，所以哪怕风力甚微也仍有所觉，“飕飕”的凉意袭来，担忧“脱帽”，可是这“破帽”却多有留恋，不忍掉落。苏轼从“破帽恋头”的诙谐表述中流露出他的恬淡和超脱之情。下片通过登高宴饮表达自己豁达的人生态度。前两句化用杜牧《九日齐山登高》中的诗句，抒发自己政治失意后，饮酒赋词消解人生苦闷、看淡世俗的处事态度，一句“万事到头都是梦”更是反映出苏轼人生后半段的生活态度，在他看来，世间纷扰、万般愁绪，不过是大梦一场，何必耿耿于怀。“明日黄花蝶也愁”用蝶比喻良辰易逝，花开难长久，以此进一步彰显了苏轼对“人生如梦”的感慨。

水调歌头　黄州快哉亭[①]赠张偓佺[②]

落日绣帘卷，亭下水连空。知君为我，新作窗户湿青红[③]。长记平山堂[④]上，欹枕[⑤]江南烟雨，渺渺没孤鸿。认得醉翁[⑥]语，山色有无中[⑦]。

一千顷[⑧]，都镜净，倒碧峰。忽然浪起，掀舞一叶白头翁。堪笑兰台公子[⑨]，未解庄生天籁[⑩]，刚道[⑪]有雌雄。一点浩然气，千里快哉风。

【注释】

① 快哉亭：黄州风光建筑物，坐落在城南江滨，此亭系张偓佺所筑。

② 张偓(wò)佺(quán)：张怀民，即张梦得，河北清河人。

③ 湿青红：指所涂漆色鲜红未干。

④ 平山堂：见前《西江月·平山堂》注。

⑤ 攲(qī)枕：倚枕，靠着枕头。

⑥ 醉翁：欧阳修别号醉翁。

⑦“山色”句：本为王维诗句，后欧阳修《朝中措·送刘仲原甫出守维扬》：“平山栏槛倚晴空，山色有无中。”形容山色空蒙，若隐若现。

⑧ 一千顷：代指宽阔的长江。

⑨ 兰台公子：指战国楚辞赋家宋玉，相传曾作兰台令史。

⑩ 天籁：是发自自然界的声响，包括风声、雨声、鸟鸣声、水流声等。这里指风声。

⑪ 刚道：“硬说”的意思。

【简析】

这首词作于元丰六年(1083)闰六月黄州快哉亭。上片写快哉亭下壮观瑰丽的景色。词人极目远眺，透过卷起的绣帘看余晖洒落在水面上。那一瞬间，亭台倒映，水天一色。进而介绍快哉亭的新建，亭子上色彩鲜红。这

都是实写。“长记平山堂上”一句由实转虚，以回忆想象来刻画眼前之景，采用虚实结合的手法，与当下相互映照，快哉亭与平山堂融为一体，构成一幅优美的画卷。上片末尾引用醉翁之语作结，实为点睛之笔，既烘托了平山堂畔江南烟雨的空蒙，又引发了对故人的怀念。下片也用虚实结合的笔法来写景议论。词人将视角转向水面，用“千顷”“镜净”“碧峰倒影”等生动的描写，呈现出一幅美不胜收的水光山色图。“忽然浪起”打破平静，由静变动，波涛汹涌。老翁与风浪作斗争，“掀舞”一词形象生动地刻画了小舟在波涛中飘摇的姿态，反映出老翁敏捷的应急能力与驭船技术，透露出老翁的“逍遥”情怀。这何尝不是词人面对逆境泰然处之的真实写照？“一点浩然气，千里快哉风”两句是全词的点睛之笔：一个人只要胸中有正气、刚正不阿、胸怀坦荡，就能在任何境遇中泰然处之，享受无穷的快意之风。全词融写景、抒情、议论于一体，笔调明快，气势磅礴，充分展示了苏轼超凡脱俗、旷达不羁的性格和大气凛然的精神风貌。

鹧鸪天

林断[①]山明竹隐墙，乱蝉衰草小池塘。翻空白鸟时时见[②]，照水红蕖[③]细细香。

村舍外，古城旁，杖藜[④]徐步转斜阳。殷勤[⑤]昨夜三更雨，又得浮生一日凉[⑥]。

【注释】

① 林断：一片林木中间断开。

② 见：同“现”。

③ 蕖：荷花。

④ 杖藜：拄着拐杖。杖，此处名词活用为动词，拄着。藜，树木名，其茎可做拐杖，此处代指拐杖。

⑤ 殷勤：衷情，心意。可引申为舒心。

⑥“又得”句：化用唐李涉《题鹤林寺僧舍》：“因过竹院逢僧话，又得浮生半日闲。”浮生，指短暂虚幻的人生。《庄子·刻意》：“其生若浮，其死若休。”人生在世，虚浮不定，因称人生为“浮生”。

【简析】

本词作于苏轼贬谪黄州期间，一般认为写于元丰六年（1083）。此词极具牧歌情调。上片写景，林断处见远处青山，竹掩中露出红墙，池塘边乱藏衰草，白鸟在空中翻飞，时隐时现，塘中的红荷香飘阵阵，俨然一幅美丽的夏末秋初风景画。面对如此景色，苏轼的心情是愉悦的，

但词中“乱”“衰”二字或多或少流露出他的淡淡伤感。下片写人,“村舍外,古城旁,杖藜徐步转斜阳”使田园景致更加清晰、灵动。苏轼在夕阳下的这种闲适之态,是其自得其乐的表现,也流露出他无所事事的寂寞和惆怅。结尾两句值得玩味,表面上是词人在感谢昨夜天降好雨,使得他在暑热之中得到一日的清凉。而从深层来理解,词人用富有人情味的“殷勤”来修饰雨,表达了自己主观的情感,意思是说:我的境遇已是如此,世人也许早已把我忘掉,承蒙上天还能想到我,降下这“三更雨”,让我这飘忽不定的人生得到慰藉。总观全词,可以看出苏轼在愉悦之中有一种惆怅,在闲适之中有一种对境遇的不平之心。这种矛盾心理在这首田园牧歌中达到了统一,婉转含蓄,引人深思。

临江仙 夜归临皋

夜饮东坡[①]醒复醉,归来仿佛三更。家童鼻息已雷鸣。敲门都不应,倚杖听江声。

长恨此身非我有,何时忘却营营[②]?夜阑[③]风静縠纹[④]平。小舟从此逝,江海寄余生。

【注释】

① 东坡：本为黄州城东的旧营地，在友人的帮助下，苏轼在此开荒植树、种地。他仰慕白居易在四川忠州东坡躬耕之事，于是把此地命为东坡，并以为号。又建雪堂为居住躬耕之所。写此词时，雪堂尚未建成，故仍回宿临皋。

② 营营：周旋、忙碌，形容为利禄奔走的焦躁之状。

③ 夜阑：夜尽。

④ 縠（hú）纹：绉纱般的波纹，形容波纹细微。

【简析】

这首词于元丰六年（1083）作于黄州。此词通过对宴饮醉归情景的描写，表现了词人渴望摆脱被贬处境的愿望，抒发了内心的不平和感慨。上片“醒复醉”三字可想词人饮酒的豪迈与畅怀，“三更”更是从时间上突出了这点。然而开怀畅饮的词人深夜返回到家门，迎接他的只有家童的如雷鼾声，词人索性倚着手杖听起了江水之声。这本是一件小事，可是被词人写得诙谐有趣，读来生动活泼。深夜之中的江水之声和鼾声，更增加了深夜的寂静之感，词人倚杖之姿也孤单起来。下片即兴抒怀，“长恨”二字可谓是直抒胸臆，词人烦心于营营之事，无法把握自身命运的无措与苦闷可想而知。此时江上水波平静又抚慰了词人的内心，发出一声喟叹：“夜阑风静縠纹平。”这既凸显了他内心的矛盾，又在夜静波平的转折中产生了

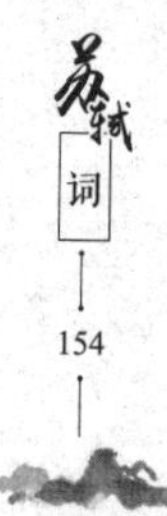

顿悟和归隐田园的心绪，“小舟从此逝，江海寄余生”正是他此刻内心的希冀。但是，需要指出的是苏轼在此表达的不是肉体的逃遁，更不是生命的消逝，而是精神上的解脱和对自由的追求，这一点世俗之辈是不能理解的。相传此词作后，“翌日喧传：子瞻夜作此词，挂冠服江边，拿舟长啸去矣。郡守徐君猷闻之，惊且惧，以为州失罪人，急命驾往谒，则子瞻鼻鼾如雷，犹未醒也。”（参见宋叶梦得《避暑录话》卷二）这首词语言淳朴自然，简单明了，舒展自如，虽然情调略显低沉，但能使读者对苏轼放贬黄州时的精神世界有一个清晰的认识。

满庭芳

元丰七年四月一日，余将去黄移汝[①]，留别雪堂[②]邻里二三君子。会李仲览[③]自江东来别，遂书以遗之。

归去来兮，吾归何处？万里家在岷峨[④]。百年强半，来日苦无多。坐见黄州再闰[⑤]，儿童尽、楚语吴歌。山中友，鸡豚社酒[⑥]，相劝老东坡。

云何？当此去，人生底事，来往如梭。待闲看秋风，洛水清波[⑦]。好在堂前细柳[⑧]，应念我、莫剪柔柯[⑨]。仍传语，江南父老，时与晒渔蓑。

【注释】

① 去黄移汝：离开黄州，改任汝州团练副使。

② 雪堂：苏轼在黄州东坡所建的新居，离他在临皋的住处不远，在黄冈东面。新居在大雪时建成，画雪景于四壁，故名“雪堂”。

③ 李仲览：李翔，富川弟子。

④ 岷峨（mǐn é）：四川的岷江与峨眉山，此代指作者故乡眉山。

⑤ 再闰（rùn）：苏轼于宋神宗元丰三年（1080）二月到黄州，元丰七年（1084）四月到汝州，历时四年零三个月。元丰三年（1080）闰九月，元丰六年（1083）闰六月，故称“再闰”。

⑥ 鸡豚社酒：古代习俗，春秋祭灶神，邻里皆聚会饮酒。社酒，原指春秋两次祭祀土地神用的酒，此泛指酒。

⑦“待闲看”二句：等到了汝州，可看到秋风乍起，洛水清波了。

⑧ 堂前细柳：指苏轼曾亲手植柳于雪堂前。

⑨ 柔柯：树的嫩枝条。

【简析】

此词作于元丰七年（1084）四月。从词前小序可知，东坡因“乌台诗案”被监管谪放黄州后，至元丰七年四月，才结束这段流放生活，将移至汝州。临行前，东坡与雪堂邻里的两三个友人告别，恰逢李仲览自江东来别，遂填此词。词的上片抒发了作者惜别黄州时思念故乡、归隐田园之情，但归隐何处呢？家在万里之外的岷峨，而且人生过半，来日无多，可以说此时苏轼的内心充满了经历苦难之后的心酸和对未来不可名状的惆怅。同时，他用生动活泼的笔调抒发了与黄州父老乡亲的深情厚谊。下片表现了词人豁达超然的心态和眷恋黄州生活的情思，在离别之际，说点什么呢？他没有正面回答，而是漫话人生：“人生底事，来往如梭。待闲看秋风，洛水清波。”不能归隐田园，也不能终老黄州，马上就要去汝州观赏洛水的风光了，那就随遇而安吧！这是对“归去来兮，吾归何处”的呼应，含蓄地表现了作者惆怅失意和旷达解脱的矛盾心理。此词不但情致温厚，属辞雅逸，而且意象鲜明，婉转含蓄，余味无穷。可以说“情真意切”四个字是这首词的最大亮点。

浣溪沙

元丰七年十二月二十四日，从泗州刘倩叔游南山[①]。

细雨斜风作小寒，淡烟疏柳媚晴滩。入淮清洛[2]渐漫漫。

雪沫乳花[3]浮午盏，蓼茸[4]蒿笋试春盘[5]。人间有味是清欢[6]。

【注释】

①“从泗州”句：泗州，地方名，今安徽泗县。刘倩叔，名士彦，泗州人，生平不详。南山，在泗州东南，景色清旷，宋米芾称其为淮北第一山。

② 洛：洛河，源出安徽定远西北，北至怀远入淮河。

③ 雪沫乳花：形容煎茶时上浮的白泡。宋人以将茶泡制成白色为贵。

④ 蓼（liǎo）茸：蓼菜嫩芽。

⑤ 春盘：旧俗，立春时用蔬菜水果、糕饼等装盘馈赠亲友。

⑥ 清欢：清雅恬适之乐，类似现代语言的“岁月静好”。

【简析】

此词于元丰七年（1084）作于泗州。这是一首与友人游览的纪游词。上片写早春景象：雨细风斜造成初春早晨的寒凉，雨停天晴后刚发芽的柳树笼罩着淡淡的云雾，好似在讨好广阔的滩涂，甚至想象清澈的洛河入淮渐渐

变得宽阔了。一个“媚”字用拟人的手法写出烟柳的动态之姿，亦包含作者天晴后欣赏南山美景的欣喜。下片写作者与同游者游山时清茶野餐的情形：品上好的茗茶，尝鲜嫩的时蔬，与友游春舒心畅快，并且由此而发出一句喟叹“人间有味是清欢”，可以体会到词人品尝到人间美味时的满足感。“清欢”是超越物质享受的精神境界，是对生活的热爱，是对人生的品味。用“清欢”一词结尾，既体现出词人高雅的情趣和豁达的心态，同时又将富于哲理意义的感悟融于诗中，自然浑成。应该说“人间有味是清欢”一句，千百年来，脍炙人口，至今保存着旺盛的生命力。全词充满春天的气息，洋溢着生命的活力，反映了作者对现实生活的热爱和对自身处境通透达观的认知，告诉人们人间值得，要以“清欢”作为人生的追求，以知足的心态对待生活。

定风波　南海归赠王定国侍人寓娘

王定国[①]歌儿曰柔奴，姓宇文氏，眉目娟丽，善应对，家世住京师。定国南迁归，余问柔：“广南风土，应是不好？”柔对曰：“此心安处，便是吾乡。”因缀词云。

长羡人间琢玉郎②，天应乞与点酥娘③。自作清歌传皓齿，风起，雪飞炎海变清凉④。

万里归来年愈少，微笑，笑时犹带岭梅⑤香。试问岭南应不好？却道⑥，此心安处是吾乡⑦。

【注释】

① 王定国：王巩，字定国，自号清虚先生，山东莘县人，与苏轼交往甚密。

② 琢玉郎：言其姿容俊美有如玉琢而成，此处指王定国。

③ 点酥娘：谓肤如凝脂般光洁细腻的美女，此处指柔奴。

④ 炎海变清凉：柔奴的清歌使岭南炎海为之清凉。杜甫《雨》："清凉破炎毒，衰意欲登台。"

⑤ 岭梅：大庾岭上的梅花。杜甫《秋日荆南述怀三十韵》："秋雨漫湘水，阴风过岭梅。"

⑥ 却道：倒说，反说。

⑦ "此心"句：让心安定的地方，便是我的故乡。唐白居易《吾土》："身心安处为吾土，岂限长安与洛阳。"

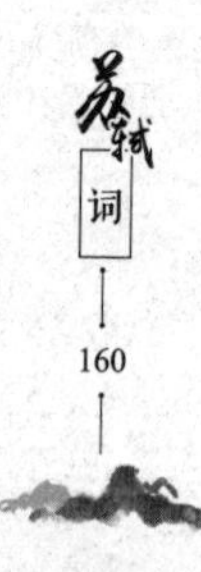

【简析】

此词作于元祐元年（1086）二月。苏轼好友王巩因为受到“乌台诗案”的牵连被贬谪到岭南荒僻之地宾州。其贬时歌姬寓娘(柔奴)毅然随行到岭南。元丰七年(1084)王巩北归。据孔凡礼《苏轼年谱》卷二十五云:“元祐元年王定国席上,赠侍儿寓娘”,词当作于苏轼自登州至京师之初。当时席上寓娘为苏轼劝酒,苏轼问及岭南风土人情,寓娘答以“此心安处,便是吾乡”,苏轼听后大为感动,作此词以赞。词的上片极力渲染王定国及其侍儿的优美姿质,一个是“琢玉郎”,一个是“点酥娘”,珠联璧合,天生一对。接着,用“雪飞炎海变清凉”对其“清歌”作夸张形容,好像一阵清风把漫天的雪片吹过热海一般,令人顿感无比的清凉、舒适和欢愉。下片着重描写寓娘的旷达心态、乐观性格和广阔胸怀。“颜愈少”带有夸张的成分,“微笑,笑时犹带岭梅香”一句形象生动地表现了寓娘历经沧桑后的恬然和自信。“此心安处是吾乡”是全词的中心和灵魂,既是对寓娘内在美的肯定和赞美,也是苏轼发自内心的一种共鸣。他一生宦游多地,所到之处都作为自己灵魂的归处。他随遇而安,融入当地,广交朋友,造福百姓,同时这些地方的山水之美和人文之暖,也支撑着苏轼面对厄运的自信和豁达。此词叙事中融入问答,以问答的方式反映人物的内心世界,表现手法别开生面,生动活泼,饶有情趣。

临江仙　夜到扬州，席上作

尊酒何人怀李白，草堂遥指江东[1]。珠帘十里卷香风[2]。花开花谢，离恨几千重。

轻舸渡江连夜到，一时惊笑衰容。语音犹自带吴侬[3]。夜阑对酒，依旧梦魂中。

【注释】

①“尊酒”二句：化用杜甫《春日忆李白》：“何时一樽酒，重与细论文”和“渭北春天树，江东日暮云”。此两句中，草堂指杜甫，因杜甫曾住成都草堂。江东指李白，李白被唐玄宗赐归后，放浪江东（即江南一带）。

②“珠帘”句：形容扬州当时繁华似锦。杜牧《赠别二首》其一：“春风十里扬州路，卷上珠帘总不如。”

③吴侬：因吴人语中多带“侬”字，故称吴侬。吴，泛指江浙一带。

【简析】

此词元祐六年（1091）四月作于扬州。开头两句用杜甫怀念李白的典故，表达了对友人扬州太守王存的思念和敬仰之情。“杜甫”“草堂”都是词人自喻，“李白”“江东”

则是他喻，暗指王存。“珠帘十里卷香风”用杜牧诗意在点出此次相聚的地点是在扬州。“花开花谢”表明时间是在暮春，同时也象征着时光的流逝。“离恨几千重”夸张地表达了离恨之深。下片写扬州席上相逢时的惊喜和亢奋。“轻舸渡江连夜到”将想见朋友那份急切的心情跃然纸上。“一时惊笑衰容”乃王存见苏轼之惊喜状。苏轼时年五十四岁，又经“乌台诗案”、宦海风波，脸上留下了风霜雨雪的痕迹，面对苏轼的“衰容”，带有吴侬口音的王存喜中带惊、百感交集。二人志同道合，政见相契，故在相逢席上夜阑对酒，共忆往事依稀梦中。词的最后两句化用了杜甫在离乱中与亲人偶遇重逢的名句“夜阑更秉烛，相对如梦寐”（《羌村三首·其一》），此化用非常贴切、精彩、生动地表达了他和王存这次重逢的惊喜和欢畅之情。也从夜阑对酒话衷肠中，隐约地体会到苏轼对自己不幸境遇的凄然之情。

临江仙　送钱穆父[①]

一别都门[②]三改火[③]，天涯踏尽红尘。依然一笑作春温[④]。无波真古井[⑤]，有节是秋筠[⑥]。

惆怅孤帆连夜发，送行淡月微云。尊前不用翠眉[7]颦[8]。人生如逆旅[9]，我亦是行人。

【注释】

① 送钱穆父：元祐六年（1091）春，钱穆父赴任途中经过杭州，苏轼作此词以送。钱穆父，名勰，字穆父，又称钱四。

② 都门：京都城门，借指汴京。

③ 改火：古代钻木取火，四季换用不同木材，称为“改火”，这里指年度的更替。

④ 春温：是指春天温暖的感觉。

⑤ 古井：枯井。比喻内心宁静，不轻易为外界事物所动。

⑥ 筠：竹子的别称。

⑦ 翠眉：古代妇女的一种眉饰，即画绿眉，也专指女子的眉毛。

⑧ 颦：皱眉头。

⑨ 逆旅：旅居，比喻人生匆遽短促。

【简析】

此词元祐六年（1091）作于杭州，是苏轼写给钱穆父的送行词。上片“一别都门三改火，天涯踏尽红尘”是说钱穆父离开京都至今相别已三个年头，这三年中天涯奔波，仕途劳顿。“踏尽”两字表明分隔之远与辗转之苦，但

“一笑”又化解了这种哀愁。人虽久别，可情谊和心志仍然坚定如初，词人化用白居易《赠元稹》中“无波古井水，有节秋竹竿”来赞扬友人高风亮节的美好品质。白居易与元稹乃至交好友，词人在化用中也蕴含着对友人的真切情感。下片想象与友人送别时的凄清抑郁之感和难舍难分的心绪，抒发劝勉、宽慰的豁达情怀。“惆怅孤帆连夜发，送行淡月微云”可以想见送别友人时的凄清抑郁之感。但词人内心并不完全被离愁别绪所充斥，“尊前不用翠眉颦”一句将满目的哀愁打散，转向昂扬之志和豁达之心。“人生如逆旅，我亦是行人”既是对好友的勉励和慰藉，也是词人豁达心态的体现。人都是天地之间的过客，既然是过客，总有一天会离去，何必计较眼前的聚散离合。我们能做的便是聚散随缘，坦然面对。本词在离别之苦上升华出对于人生之路的旷达之感，事与情交融，情与理共生，细腻动人，颇富哲理。

蝶恋花　春景

花褪残红青杏小。燕子飞时，绿水人家绕。枝上柳绵①吹又少，天涯何处无芳草②！

墙里秋千墙外道。墙外行人，墙里佳人笑。笑渐不闻声渐悄，多情却被无情恼③。

【注释】

① 柳绵：柳絮。

② “天涯”句：化用《离骚》：“何所独无芳草兮，尔何怀乎故宇。”

③ 恼：张相《诗词曲语辞汇释》：“恼，犹撩也……言墙里佳人之笑，本出于无心情，而墙外行人闻之，枉自多情，却如被其撩拨矣。”

【简析】

此词绍圣二年（1095）春作于惠州贬所。这是一首将伤春之情表达得既深情缠绵又空灵蕴藉、情景交融、哀婉动人的著名小词。上片写春暮夏初的景色，触目红花纷谢、柳绵渐少、青杏初结、芳草凋零，基调是伤感忧郁的，蕴含着春光易逝的叹息。下片写人，描述了墙外行人对墙内佳人的眷顾及佳人的淡漠，让行人更加惆怅。在这里，“佳人”即代表上片作者所追求的“芳草”，“行人”则是词人的化身。词人通过对这样一组意象的刻画，表现了其抑郁终不得排解的心绪。可见这首词不单是普通的伤春言情之作，实际上寄寓了作者年华易逝、有志难酬的惆怅，让人读后感叹唏嘘。值得注意的是，在伤春惆怅的

基调中，也有一种豁达乐观的心态，尤其是“天涯何处无芳草”冲淡了词人的伤感和不快，表达了这样一种信念：花谢花开、春去秋来，万物自有其道，人生的风景也大多如此，只要我们热爱生命，追求生活，哪里都会有芳草如茵的春天。正因为如此，“天涯何处无芳草”这句话，千百年来，已成为脍炙人口的名言佳句，尤其是对流落他乡或命运多舛的人来说，成为他们不甘沉沦、憧憬未来的一种精神寄托和宽慰。

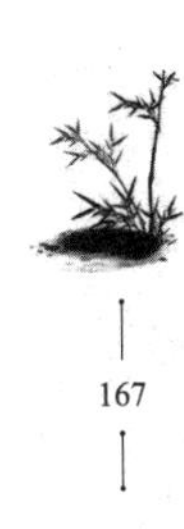

第三部分

省试刑赏忠厚之至论[①]

尧、舜、禹、汤、文、武、成、康之际，何其爱民之深，忧民之切，而待天下以君子长者之道也。有一善，从而赏之，又从而咏歌嗟叹之，所以乐其始而勉其终。有一不善，从而罚之，又从而哀矜惩创[②]之，所以弃其旧而开其新。故其吁俞[③]之声，欢休惨戚[④]，见于虞、夏、商、周之书[⑤]。成、康既没，穆王立，而周道始衰，然犹命其臣吕侯[⑥]，而告之以祥刑[⑦]。其言忧而不伤，威而不怒，慈爱而能断，恻然有哀怜无辜之心。故孔子犹有取焉。

《传》曰："赏疑从与[⑧]，所以广恩也；罚疑从去[⑨]，所以慎刑也。"当尧之时，皋陶为士[⑩]。将杀人，皋陶曰"杀之"三，尧曰"宥[⑪]之"三。故天下畏皋陶执法之坚，而乐尧用刑之宽。四岳曰："鲧可用[⑫]。"尧曰："不可，鲧方命圮族[⑬]。"既而曰："试之。"何尧之不听皋陶之杀人，而从四岳之用鲧也？然则圣人之意，盖亦可见矣。

《书》[⑭]曰："罪疑惟轻，功疑惟重。与其杀不辜，宁失不经[15]。"呜呼，尽之矣。可以赏，可以无赏，赏之过乎仁。可以罚，可以无罚，罚之过乎义。过乎仁，不失为君子；过乎义，则流而入于忍人[16]。故仁可过也，义不可过也。古者赏不以爵禄，刑不以刀锯。赏以爵禄，是赏之道行于爵禄之所加[17]，而不行于爵禄之所不加也；刑之以刀锯，是刑之威施于刀锯之所及，而不施于刀锯之所不及也。先王知天下之善不胜赏，而爵禄不足以劝也；知天下之恶不胜刑，而刀锯不足以裁也。是故疑[18]则举而归之于仁，以君子长者之道待天下，使天下相率而归于君子长者之道。故曰：忠厚之至也。

《诗》[19]曰："君子如祉，乱庶遄已。君子如怒，乱庶遄沮[20]。"夫君子之已乱[21]，岂有异术哉？时[22]其喜怒[23]，而无失乎仁而已矣。《春秋》[24]之义，立法贵严，而责人贵宽。因其褒贬之义[25]以制赏罚，亦忠厚之至也。

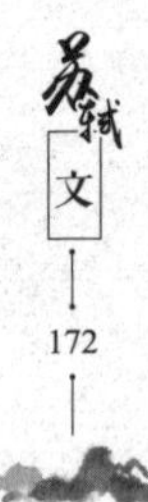

【注释】

① 省试刑赏忠厚之至论：省试，唐宋时进士及诸科考

试在尚书省属下之礼部举行，谓之“省试”或“礼部试”。刑赏忠厚之至，是宋嘉祐二年（1057）礼部进士考试策论的题目，出自《尚书·虞书·大禹谟》，汉孔安国注“刑疑付轻，赏疑从众，忠厚之至”。此文乃苏轼应进士试所作。

② 哀矜（jīn）惩创：怜惜惩戒。

③ 吁（xū）俞（yú）：惊叹应答。俞，表示应允。

④ 欢休惨戚：和善，悲哀。

⑤ 虞、夏、商、周之书：指《尚书》，分《虞书》《夏书》《商书》《周书》四部分。

⑥ 吕侯：人名，一作甫侯，周穆王之臣，为司寇。周穆王用其言论作刑法。

⑦ 祥刑：善于用刑。

⑧ 赏疑从与：奖赏时如有疑问，应该给予奖赏。

⑨ 罚疑从去：惩罚时如有疑点，应该免去惩罚。

⑩ 皋陶（yáo）为士：皋陶，古代传说中的人物，又作咎陶、咎繇，为上古时期华夏部落首领。士，古时掌刑狱之官。

⑪ 宥（yòu）：宽恕，饶恕。

⑫ “四岳”句：四岳，唐尧之臣，羲和之四子，分掌四方之诸侯；一说为一人名。鲧（gǔn），尧的臣子，传说乃大禹的父亲。

⑬ “鲧方命”句：一作“放命”，即弃命；一说逆名。圮（pǐ）族，即“毁族”；一说犹言败类。

⑭《书》：指《尚书》。

⑮ 宁失不经：宁可犯不守成法办事的错误；一说宁愿承担失刑的罪责。不经，不守成法。

⑯ 忍人：谓性情狠戾之人。

⑰ “是赏之道”句：这样，奖赏的作用只落到能得到爵位和俸禄的人身上。

⑱ 疑：指赏罚不能确定。

⑲《诗》：指《诗经》。

⑳ “君子如祉”四句：君子如果喜欢奖赏贤人，祸乱可能很快停止；如果怒斥小人，祸乱可能很快停止。祉(zhǐ)，福，引申为喜欢。遄(chuán)，快，迅速。沮(jǔ)，停止。

㉑ 已乱：制止祸乱。

㉒ 时：适时。

㉓ 怒：指听到谗言发怒。

㉔《春秋》：孔子修订的鲁国编年史。

㉕ 因其褒贬之义：指根据《春秋》褒善贬恶的原则。

【简析】

这是嘉祐二年(1057)苏轼参加礼部考试的应试文章。文章第一段赞扬了古代圣贤之王“爱民之深，忧民之切”。一开头就紧扣主题，接着从赏善与罚不善两方面说明，总归于“忠厚”二字。周道衰落之后，穆王当政，还是把要善于用刑的方法告诉了吕侯，要他谨慎用刑，并且明确提出“广恩慎刑”，进一步提出“罪疑惟轻，功疑惟重”

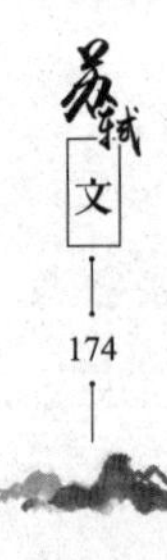

的原则。为了说明这个问题，作者引用唐尧不从皋陶执法杀人的意见，而同意四岳任用鲧的例子，体现先王刑赏之道。文中又引用《尚书》的警句加以论断，复以咏叹之，不仅使主旨更加突出，而且与开头遥相呼应，给人以浑然一体之感。第三段，作者在前面论述的基础上，又提出过赏与过罚的问题。他认为，“过乎仁，不失为君子”“故仁可过也，义不可过也”。这些论断有极大的概括力，而且写得斩钉截铁。赏和罚的范畴剖析完之后，进一步探讨了赏和罚的方式和效果，最后归结于用君子长者宽厚仁爱之风对待百姓，又回到“忠厚之至”的主题上来。最后一段引用《诗经》《春秋》之义结尾，结构上形成了完整的闭环，鲜明地推出题目，亦即结论。本文立论明确，说理透彻，概括力和逻辑性很强，而且语言清新、质朴，无所藻饰，其内容和文风都深得当时主持考试的欧阳修、梅尧臣二人的赏识，欧阳修本欲录为第一，只因怕是自己的学生曾巩所作，为避嫌才录为第二名，梅尧臣称此文有“孟轲之风”。

留侯论

古之所谓豪杰之士者，必有过人之节。人情有所不能忍者，匹夫见辱，拔剑而起，挺身而斗，此不足为勇也。天下有大勇者，卒[1]然临之而不惊，无故加之而不怒。此其所挟持者甚大，而其志甚远也。

夫子房[2]受书[3]于圯[4]上之老人也，其事甚怪；然亦安知其非秦之世有隐君子者，出而试之？观其所以微见其意者，皆圣贤相与警戒之义，而世不察，以为鬼物[5]，亦已过矣。且其意不在书。当韩之亡，秦之方盛也，以刀锯鼎镬[6]待天下之士，其平居无罪夷灭[7]者，不可胜数。虽有贲、育[8]，无所复施。夫持法太急者，其锋不可犯，而其末可乘。子房不忍忿忿之心，以匹夫之力，而逞于一击之间[9]。当此之时，子房之不死者，其间不能容发，盖亦已危矣。千金之子，不死于盗贼，何者？其身之可爱，而盗贼之不足以死也。子房以盖世之才，不为伊尹、太公之谋[10]，而特出于荆轲、聂政之计[11]，以侥幸于不死，此固圯上之老人所为深惜者也。是故倨傲鲜腆[12]而深折之，彼其能有

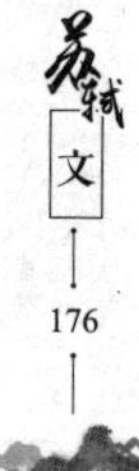

所忍也，然后可以就大事，故曰："孺子可教也。"

楚庄王伐郑，郑伯肉袒[13]牵羊以逆[14]。庄王曰："其君能下人，必能信用其民矣。"遂舍之。勾践之困于会稽，而归臣妾于吴者，三年而不倦。且夫有报人[15]之志，而不能下人者，是匹夫之刚也。夫老人者，以为子房才有余，而忧其度量之不足，故深折其少年刚锐之气，使之忍小忿而就大谋。何则？非有平生之素，卒然相遇于草野之间，而命以仆妾之役，油然而不怪者，此固秦皇帝之所不能惊，而项籍之所不能怒也。

观夫高祖之所以胜，而项籍之所以败者，在能忍与不能忍之间而已矣。项籍唯不能忍，是以百战百胜而轻用其锋。高祖忍之，养其全锋而待其弊，此子房教之也。当淮阴破齐而欲自王[16]，高祖发怒，见于词色。由此观之，犹有刚强不忍之气，非子房其谁全之？

太史公疑子房以为魁梧奇伟，而其状貌乃如妇人女子，不称[17]其志气。呜呼！此其所以为子房欤！

【注释】

① 卒：同“猝”，突然。

② 子房：张良，字子房。因辅佐刘邦建立汉朝有功，封留侯。

③ 受书：接受兵书。书，指《太公兵法》。

④ 圯（yí）：桥。相传张良遇黄石公于下邳（今江苏睢宁北）圯上，老人故意折辱他，他都忍气顺从，黄石公遂授以兵书，说：“读此则为王者师矣。”

⑤ 鬼物：鬼怪事物，喻指令人怪异惊惧的事物。

⑥ 镬（huò）：一种烹饪器具。古代有以鼎镬烹人的酷刑。

⑦ 夷灭：灭族。

⑧ 贲（bēn）、育：战国时的勇士孟贲、夏育。

⑨ 一击之间：张良曾与力士在博浪沙狙击秦始皇，误中副车。秦始皇大怒，下令全国搜捕，未获。

⑩ 伊尹、太公之谋：谓安邦定国之谋。伊尹辅佐汤建立商朝，吕尚（即太公望）是周朝的开国大臣。

⑪ 荆轲、聂政之计：谓行刺之下策。荆轲刺秦王与聂政刺杀韩相侠累两事，俱见《史记·刺客列传》。

⑫ 倨傲鲜（xiǎn）腆（tiǎn）：倨傲，傲慢，无礼。鲜腆，没有礼貌的样子。

⑬ 肉袒：脱衣露体以示投降。

⑭ 逆：迎。

⑮ 报人：向人报仇。

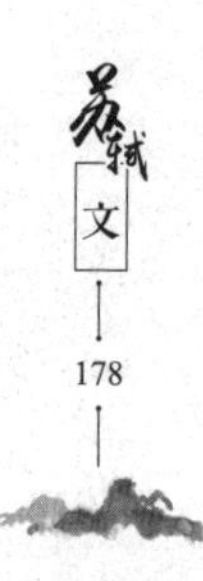

⑯“当淮阴”句：韩信平定齐地时，请求刘邦假封他为“齐王”。刘邦发怒，经张良提醒，乃封韩信为真齐王。淮阴指淮阴侯韩信。

⑰称：与……相当、相称。

【简析】

此为嘉祐六年(1061)苏轼应制科考试时所写二十五篇进论之一。本文是评说西汉名臣张良的。文章紧紧围绕一个“忍”字，选取了一系列历史事实，论证了张良能帮助刘邦建立丰功伟业的关键在于他能做到“忍小忿而就大谋”。文章首先从张良被圯上老人赠书开始，对授书的故事进行了深入的阐发，把人们“甚怪之事”剖析得合情合理，指出当时的老人其意并不在赠书，而在试探张良的隐忍度。张良曾在博浪沙行刺秦始皇，事败后隐姓埋名逃至下邳，圯上老人对张良深为惋惜，特意用傲慢无礼的态度来狠狠地刺激他，结果张良忍耐住了。看来他还是可以成大事的，于是圯上老人说“孺子可教也”。接着引用郑伯肉袒迎楚、勾践卧薪尝胆说明“忍”之重要性，进而用楚汉相争时，项羽不能忍而刘邦忍之，说明其最终的胜败在能忍和不能忍之间而已。并且指出，当刘邦对韩信不能忍时，是张良及时地提醒，方能避免一场危机，而终成大业。苏轼的这篇文章可以说是他史论的代表作品，明代杨慎曾高度评价过《留侯论》：“东坡文如长江大河，一泻千里，至其浑浩流转，曲折变化之妙，则无复可以名状，而尤长于陈述叙事。留侯一论，其立论超卓如此。”这段话便点明了苏轼这篇文章写作技法的独一无二，以“忍”字贯穿全文，“不忍”也是“忍”的论据。整个文章中心突出、旁征博引、纵横自如，的确是一篇雄辩有力的史论。还有一点需要指出，本文开篇立论“天下有大勇者，卒然临之而不惊，无故加之而不怒。此其所挟持者甚大，而其志甚远也”，这段话非常精彩，深刻、形象而且简洁地概括了想干大事就要隐忍的道理。苏轼的人生感悟，启迪后人，尤其是血气方刚的年轻人，面对复杂的人生，不能锋芒毕露，遇到挫折和打击的时候，一定要冷静对待、从长计议。

喜雨亭记

亭以雨名，志①喜也。古者有喜则以名物，示不忘也。周公得禾，以名其书②；汉武得鼎，以名其年③；叔孙胜狄，以名其子④。其喜之大小不齐，其示不忘一也。

予至扶风⑤之明年，始治官舍，为亭于堂之北，而

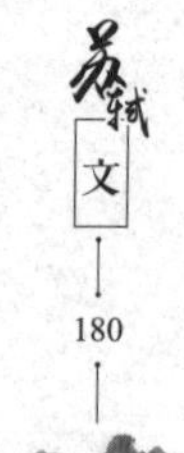

凿池其南，引流种木，以为休息之所。是岁之春，雨麦[⑥]于岐山之阳，其占[⑦]为有年[⑧]。既而弥月不雨，民方以为忧。越三月乙卯乃雨，甲子又雨，民以为未足。丁卯大雨，三日乃止。官吏相与庆于庭，商贾相与歌于市，农夫相与抃[⑨]于野，忧者以乐，病者以愈，而吾亭适成。

于是举酒于亭上以属客，而告之曰："五日不雨可乎？"曰："五日不雨则无麦。""十日不雨可乎？"曰："十日不雨则无禾。"无麦无禾，岁且荐饥[⑩]，狱讼繁兴，而盗贼滋炽。则吾与二三子，虽欲优游[⑪]以乐于此亭，其可得耶？今天不遗斯[⑫]民，始旱而赐[⑬]之以雨，使吾与二三子得相与优游以乐于此亭者，皆雨之赐也。其又可忘耶？

既以名亭，又从而歌之，曰："使天而雨珠，寒者不得以为襦[⑭]；使天而雨玉，饥者不得以为粟。一雨三日，繄[⑮]谁之力？民曰太守，太守不[⑯]有。归之天子，天子曰不。归之造物，造物不自以为功；归之太空，太空冥冥，不可得而名，吾以名吾亭。"

【注释】

① 志：记，此处为纪念。

② “周公”二句：周成王得一种“异禾”（两株苗合生一穗），转送周公，周公遂作《嘉禾》一篇。此文已失传，《尚书》中仅存篇名。

③ “汉武”二句：汉武帝元符七年（前116），得一宝鼎，于是改年号为元鼎元年。

④ “叔孙”二句：鲁文公派叔孙得臣抵抗北狄入侵，取胜并俘获北狄国君侨如。叔孙得臣遂更其子名为“侨如”。

⑤ 扶风：凤翔府。

⑥ 雨麦：麦苗返青时正好下雨。

⑦ 占：占卜。

⑧ 有年：年将有粮，意为丰收。

⑨ 抃：鼓掌，表示欢庆。

⑩ 荐饥：连续饥荒。

⑪ 优游：安闲舒适、无忧无虑的样子。

⑫ 斯：这些。

⑬ 赐：给予。

⑭ 襦（rú）：本意为短衣，此处泛指衣服。

⑮ 繄（yī）：相当于“是”。

⑯ 不：通“否”，意为不然。

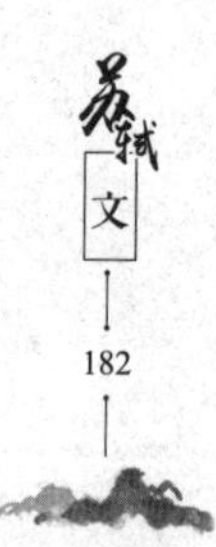

【简析】

本文作于嘉祐七年(1062)。嘉祐六年(1061)十二月,苏轼出任凤翔府签书判官,第二年年初开始修建官舍。当时正逢春旱,到三月才下了大雨,修在官舍北边的亭子恰好此时落成,于是苏轼把此亭取名"喜雨",并写下了这篇散文。文章第一段,开门见山,点明取亭名"喜雨"的用意。苏轼借用典故,层层推进,讲述古人用名记事的传统,合理地阐述"喜雨"二字中的纪念意义。第二段依次叙述,从"亭""雨"到"喜",文字虽不多,却生动地展现了建亭过程中经历的从天不下雨百姓忧虑到天降大雨三天不停,官民欣喜歌唱的场景。第三段从亭到人,以宴席上主宾欢庆的氛围将"喜"字烘托到高潮,文中极力渲染人们"久旱逢甘雨"的喜悦,同时通过回答说明了雨在百姓生活中的重要性,充分体现了苏轼心系百姓、与民同忧共乐的情怀。最后一段,以对雨的赞歌收尾。收笔一句"吾以名吾亭",自然点题,照应全文,又强化了文章的主旨。文章结构严谨,脉络清晰,语言明快活泼,文笔酣畅淋漓,既朗朗上口,又极具感染力。

超然台记

凡物皆有可观。苟有可观，皆有可乐，非必怪奇伟丽者也。铺糟啜醨[①]，皆可以醉；果蔬草木，皆可以饱。推此类也，吾安往[②]而不乐？

夫所为求福而辞祸者，以福可喜而祸可悲也。人之所欲无穷，而物之可以足吾欲者有尽，美恶之辨战乎中[③]，而去取之择交乎前，则可乐者常少，而可悲者常多。是谓求祸而辞福。夫求祸而辞福，岂人之情也哉？物有以盖[④]之矣。彼游于物之内，而不游于物之外。物非有大小也，自其内而观之，未有不高且大者也。彼挟其高大以临我，则我常眩乱反复，如隙中之观斗，又乌知胜负之所在？是以美恶横生[⑤]，而忧乐出焉。可不大哀乎！

余自钱塘移守胶西[⑥]，释舟楫之安，而服车马之劳；去雕墙[⑦]之美，而蔽采椽之居；背湖山之观，而适[⑧]桑麻之野。始至之日，岁比[⑨]不登[⑩]，盗贼满野，狱讼充斥；而斋厨索然[⑪]，日食杞菊[⑫]。人固疑余之不乐也。处之期年[⑬]，而貌加丰，发之白者，日以反黑。

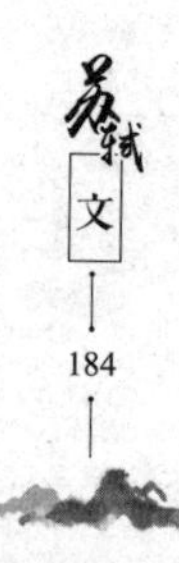

予既乐其风俗之淳，而其吏民亦安[14]予之拙也。于是治其园圃，洁其庭宇，伐安丘、高密之木以修补破败，为苟完[15]之计。而园之北，因城以为台者旧矣，稍葺[16]而新之，时相与登览，放意肆志[17]焉。南望马耳、常山，出没隐见，若近若远，庶几[18]有隐君子乎？而其东则卢山[19]，秦人卢敖之所从遁也。西望穆陵[20]，隐然如城郭，师尚父[21]、齐桓公之遗烈，犹有存者。北俯潍水[22]，慨然太息，思淮阴[23]之功，而吊[24]其不终。台高而安，深而明，夏凉而冬温。雨雪之朝，风月之夕，予未尝不在，客未尝不从。撷[25]园蔬，取池鱼，酿秫[26]酒，瀹[27]脱粟[28]而食之。曰：乐哉游乎！

方是时，予弟子由，适在济南，闻而赋之，且名其台曰“超然”，以见余之无所往而不乐者，盖游于物之外也。

【注释】

① 哺糟啜(chuò)醨(lí)：吃酒糟，喝米酒。哺，吃。啜，喝。醨，米酒。

② 安往：去哪里。

③ 中：心中，胸中。

④ 盖：掩盖，蒙蔽。

⑤ 横生：乱生，充斥。

⑥ 胶西：即密州，治所在今山东诸城。苏轼于熙宁七年（1074）由杭州通判移知密州。

⑦ 雕墙：指墙上有雕刻、彩绘的华美居所。

⑧ 适：往。

⑨ 岁比：连年。

⑩ 登：丰收。

⑪ 索然：寂寞的样子。这里指食物匮乏。

⑫ 杞菊：枸杞和菊花。这里指野菜。

⑬ 期（jī）年：一周年。

⑭ 安：习惯。

⑮ 苟完：大致完备。

⑯ 葺（qì）：修理，修整。

⑰ 放意肆志：纵情快意。

⑱ 庶几：表希望或推测之意。

⑲ 卢山：在密州城东，又名“故山”。秦始皇使燕国人卢敖求神仙，不得，逃避故山隐居，故山因此叫“卢山”。

⑳ 穆陵：关名，在今山东临朐（qú）南大岘山上。

㉑ 师尚父：对姜太公吕尚的尊称。武王灭商后，吕尚被封于齐。

㉒ 潍水：即今潍河，韩信曾在此击败龙且大军二十万。

㉓ 淮阴：淮阴侯韩信。

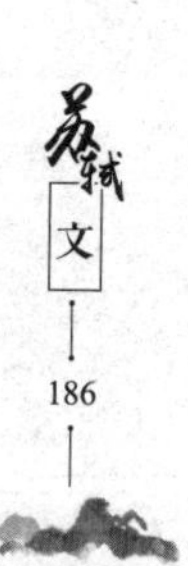

㉔ 吊：伤悼。

㉕ 撷（xié）：摘下，取下。

㉖ 秫（shú）：黏高粱，可以做烧酒。有的地区就指高粱。

㉗ 瀹（yuè）：煮。

㉘ 脱粟：糙米。

【简析】

熙宁七年(1074)年底苏轼由杭州通判改任密州知州。第二年冬，在密州修葺废台，取名“超然”，写下这篇记。文章首段先正面阐述了凡物皆有可观、皆有可乐的道理，指出能否超然于物外，决定人的善与恶。第二段指出人们从“求福辞祸”的愿望出发，反而得到相反的结果，其原因在于人的欲望无限，不能超然于物外，将陷游于物质内的泥潭，事事不满，物物不喜，必定自寻烦恼。第三段可分三层来理解。第一层内容叙述作者调密州后尽管环境变了，生活条件差了，但是超然处之，治其园圃，洁其庭宇，自寻其乐。第二层内容描写修园治台焕然一新后，作者和大家不时登台观览，以及在台上远眺时的所见所想：马耳山、常山，时隐时现，若近若远，或许有隐士居住吧？台的东面是卢山，那是秦国人卢敖隐逃的地方。西望则是穆陵关，隐约是一道城墙，保存着姜太公、齐桓公留下的英雄业绩。北边潍水环绕，当年的淮阴侯韩信，功高而未能善终，令人慨然叹息。第三层内容具体描述超然台上宴饮的欢乐情形。苏轼用自己在密州随遇而安、修台治园、游而得乐的经历和感受，佐证了超然物外必有其乐的道理。最后一段交代了其弟苏辙为此台命名并作赋的事，点明“超然”二字，具有画龙点睛之妙。全文前半部分说理议论，后半部分记叙抒情，构思独特，说理透彻，从虚实两个方面阐明了主旨——游于物外，就会无往而不乐。

宝绘堂记

君子可以寓意于物[①]，而不可以留意于物[②]。寓意于物，虽微物足以为乐，虽尤物不足以为病[③]；留意于物，虽微物足以为病，虽尤物不足以为乐。老子曰：“五色令人目盲，五音令人耳聋，五味令人口爽，驰骋田猎令人心发狂。”然圣人未尝废此四者，亦聊以寓意焉耳。刘备之雄才也，而好结髦[④]。嵇康[⑤]之达也，而好锻炼。阮孚[⑥]之放也，而好蜡屐[⑦]。此岂有声色臭味也哉？而乐之终身不厌。

凡物之可喜，足以悦人而不足以移人[⑧]者，莫若书与画。然至其留意而不释[⑨]，则其祸有不可胜言者。

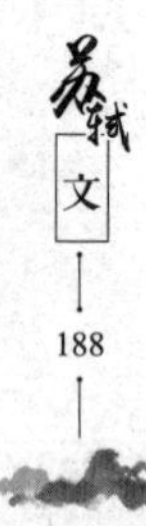

钟繇至以此呕血发冢[10]，宋孝武、王僧虔至以此相忌[11]。桓玄之走舸[12]，王涯之复壁[13]，皆以儿戏害其国，凶此身。此留意之祸也。

始吾少时，尝好此二者。家之所有，惟恐其失之；人之所有，惟恐其不吾予也。既而自笑曰：吾薄富贵而厚于书，轻死生而重于画，岂不颠倒错缪失其本心也哉？自是不复好[14]。见可喜者虽时复蓄之，然为人取去，亦不复惜也。譬之烟云之过眼，百鸟之感耳，岂不欣然接之[15]，然去而不复念也。于是乎二物者常为吾乐而不能为吾病。

驸马都尉[16]王君晋卿[17]虽在戚里[18]，而其被服礼义，学问诗书，常与寒士角[19]。平居攘去膏粱，屏远声色，而从事于书画，作宝绘堂于私第之东，以蓄其所有，而求文以为记。恐其不幸而类吾少时之所好，故以是告之，庶几全其乐而远其病也[20]。熙宁十年七月二十二日记。

【注释】

① 寓意于物：指欣赏美好的事物，通过事物来寄托自

己的意趣。

② 留意于物：耽溺、过分看重外物，不可自拔。留，牵制。

③“虽尤物”句：此句与“虽微物足以为乐”相对。尤物，特异之物，指能迷惑人心的美物。病，祸害。

④ 结髦：用毛编结饰物。

⑤ 嵇康：字叔夜，魏晋文学家，为魏宗室婿，仕魏为中散大夫。尚老庄，工诗文，精乐理。后为司马昭所杀。

⑥ 阮孚：字遥集，东晋陈留尉氏人。

⑦ 蜡屐(jī)：在木屐上涂蜡。屐，木鞋。

⑧ 移人：使人的精神情态等改变。

⑨ 不释：指过分沉溺不松手，即不能自拔。

⑩“钟繇”句：此句源于以下典故：钟繇于韦诞处见到蔡邕笔法，“自槌三日，胸尽青，因呕血。魏世祖以五灵丹救之得活。繇求之不与，及诞死，繇令人盗掘其墓而得之”。钟繇，字元常，三国魏著名书法家。善书，尤长于正、隶。

⑪“宋孝武”句：孝武帝想独自拥有好书法的名声，王僧虔不敢显露真迹，常常使用拙劣笔迹书写，因此见容于孝武帝。宋孝武，宋孝武帝刘骏。王僧虔，南朝宋书法家，晋王羲之四世族孙，工隶书。相忌，相互猜忌。

⑫“桓玄”句：《晋书·桓玄传》载：元兴二年(403)，桓玄带军队讨平后秦姚兴，整理收拾行装时，专门嘱咐下面的人千万不要忘记把书画带上船。桓玄，东晋权臣桓温之子，后篡晋安帝自立，兵败伏诛。走舸，快船，这里指不忘记

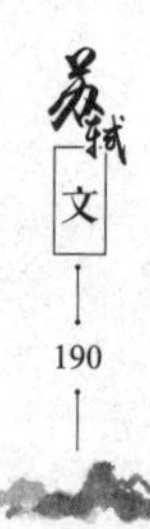

把书画带上船。

⑬“王涯”句：王涯用夹墙藏喜爱的书画。王涯，唐文宗宰相，字广津，极喜书画。复壁，夹墙。

⑭ 不复好：不再沉溺于其中。

⑮ 欣然接之：喜悦高兴地去欣赏它（指前面所指烟云的美丽和百鸟的鸣叫声）。

⑯ 驸马都尉：官名，简称驸马。

⑰ 王君晋卿：王诜，能诗善书画，工弈棋。

⑱ 戚里：帝王外戚聚居之处。

⑲ 角（jué）：角逐，争辩。

⑳“庶几”句：庶几，句首表示希望的语气词。全其乐，保全收藏书画带来的快乐。远其病，避免过度沉溺其中，为之所奴役。

【简析】

这篇文章熙宁十年（1077）七月二十二日作于徐州。当时苏轼的好朋友、驸马都尉王诜的家里建造“宝绘堂”，收藏历代书画，于是苏轼写下这篇记文。文章第一段开门见山，提出论点：君子可以寓意于物而不可留意于物。接着从正反两方面阐明了论点。寄情于物，即使是微贱之物也能成为人的快乐，即使是最珍贵之物也不能成为人的忧患；相反，如果沉溺于物，即使是微贱之物也能成为人的忧患，即使是最珍贵之物也不能成为人的快乐。

然后引老聃的话为证，举刘备、嵇康、阮孚所喜好之物，进一步阐发“寓意于物，虽微物足以为乐”的道理。第二段笔锋一转，论“留意之祸”，以书画为例说明“留意而不释”，过分沉迷、不能自拔的危害，举钟繇、宋孝武帝、王僧虔、桓玄、王涯等人皆因留意于书画，而“害其国”“凶其身”的例子。第三段用自己的亲身经历和体会阐明中心论点。苏轼认为要使物适己之意，对事物不强求，采取“寓意”而非“留意”的态度，则书画能为自己带来快乐，而不会成为忧患。文章最后一段，叙写王诜的人品、学问、爱好以及作者作记的缘由和目的。《宝绘堂记》以极强的思辨性、哲理性反映了苏轼综合独立的审美追求和处世哲学，文章不落窠臼，引人深思。

思堂记

建安章质夫[①]，筑室于公堂之西，名之曰“思”。曰：“吾将朝夕于是，凡吾之所为，必思而后行。子为我记之。”

嗟夫！余，天下之无思虑者也。遇事则发，不暇思也。未发而思之，则未至。已发而思之，则无及[②]，

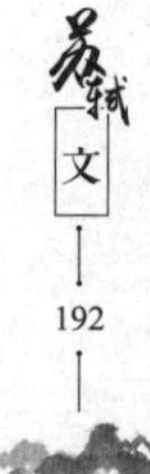

以此终身不知所思。言发于心而冲于口，吐之则逆[3]人，茹之[4]则逆余[5]。以为宁逆人也，故卒吐之。君子之于善也，如好好色；其于不善也，如恶恶臭[6]。岂复临事而后思，计议其美恶，而避就之哉？是故临义而思利，则义必不果；临战而思生，则战必不力。若夫穷达得丧，死生祸福，则吾有命矣。

少时遇隐者曰："孺子近道，少思寡欲。"曰："思与欲，若是均乎？"曰："甚于欲。"庭有二盎以畜水，隐者指之曰："是有蚁漏。是日取一升而弃之，孰先竭？"曰："必蚁漏者。"思虑之贼人[7]也，微而无间。隐者之言，有会于余心，余行之。

且夫不思之乐，不可名也。虚而明，一而通，安而不懈，不处而静，不饮酒而醉，不闭目而睡。将以是记思堂，不亦缪乎[8]？虽然，言各有当[9]也。万物并育而不相害，道并行而不相悖[10]。以质夫之贤，其所谓思者，岂世俗之营营[11]于思虑者乎？《易》曰："无思也，无为也"。我愿学焉。《诗》曰："思无邪"，质夫以[12]之。元丰元年正月二十四日记。

【注释】

①“建安”句：建安，古郡名，宋建州(今福建)。章质夫，见前《水龙吟·次韵章质夫杨花词》注。

② 无及：来不及。

③ 逆：违背。

④ 茹之：茹本义为吃。茹之，吃下去，引申为不说出来。

⑤ 逆余：指憋在内心让自己难受。

⑥“君子”四句：《礼记·大学》：“所谓诚其意者，毋自欺也。如恶恶臭，如好好色，此之谓自谦。故君子必慎其独也！小人闲居为不善，无所不至，见君子而后厌然，揜其不善，而着其善。”苏轼语本此。

⑦ 贼人：对人的残害。

⑧“虚而明”八句：空虚而澄明，纯一而畅达，心安理得又不懈怠，不停留又不安静，就像没有饮酒而陶然大醉，没有闭眼而酣然沉睡。如果用这些话来为思堂作记，不是显得很荒谬吗？虚，空虚。明，澄明。一，纯一。通，畅达。安，心安理得。不懈，不知疲倦。不处，不停留。静，(内心觉得)宁静。缪，通“谬”。

⑨ 言各有当：思与不思各有各的道理。当，宜，适当。

⑩“万物”二句：语出《礼记·中庸》。并育，共同生长。害，妨碍。相悖，相违背。

⑪ 营营：劳而不知休息，忙碌。

⑫ 以：任用，运用。

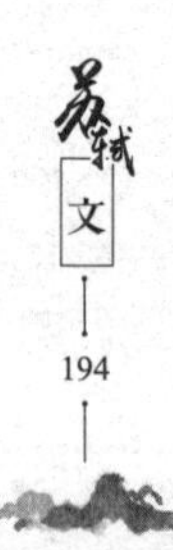

【简析】

此文元丰元年(1078)正月二十四日作于徐州。作品首先说明主人建堂取名叫“思”的目的,即是“凡吾之所为,必思而后行”。但是紧接着苏轼却大谈“不思”,指出“不思”在生活中、事理中的必然性和必要性。这种矛盾如何理解?认真看来,苏轼否定的“思”是指“临事而后思”“临义而思利”以及“临战而思生”。即他主张在利害得失面前不应患得患失、优柔寡断,在面对善恶抉择和战斗时,不应瞻前顾后、首鼠两端,应当见义勇为、果断作为,该出手时就出手。一句话,要少“思”或者无“思”。最后,苏轼回过头来说自己的无“思”和主人的“思”是“言各有当”,“思”的内涵是不一样的,更明确地指出,“以质夫之贤,其所谓思者,岂世俗之营营于思虑者乎”,即说质夫所说的“思”,应当是《诗经》所谓的“思无邪”,即见得思义,思想纯正,思无不可对人言也!本文立意奇特,别开生面,独辟蹊径,富有新意,写作手法充满了辩证的关系,正如明代杨慎《三苏文范》引姜宝所言:“记思堂而专说无思之妙,辞若相缪,而意相通。”苏轼抓住“思”字的不同内涵,对“思”与“不思”这两个相互对立的概念进行了深入解析,说理令人信服,展现了苏轼自身的通透与思辨。

放鹤亭[1]记

熙宁十年秋，彭城大水，云龙山人张君之草堂，水及[2]其半扉。明年春，水落，迁于故居之东，东山之麓。升高而望，得异境焉，作亭于其上。彭城之山，冈岭四合，隐然如大环，独缺其西十二，而山人之亭适当其缺。春夏之交，草木际天。秋冬雪月，千里一色。风雨晦明[3]之间，俯仰百变[4]。山人有二鹤，甚驯而善飞。旦则望西山之缺而放焉，纵其所如，或立于陂田[5]，或翔于云表，暮则傃[6]东山而归。故名之曰"放鹤亭"。

郡守苏轼，时从宾客僚吏往见山人，饮酒于斯亭而乐之，揖山人而告之曰："子知隐居之乐乎？虽南面之君，未可与易也。《易》曰：'鸣鹤在阴，其子和之[7]。'《诗》曰：'鹤鸣于九皋，声闻于天[8]。'盖其为物，清远闲放，超然于尘垢之外，故《易》《诗》人以比贤人君子、隐德之士。狎[9]而玩之，宜若有益而无损者，然卫懿公好鹤则亡其国[10]。周公作《酒诰》[11]，卫武公作《抑戒》[12]，以为荒惑败乱无若酒者，而刘伶、

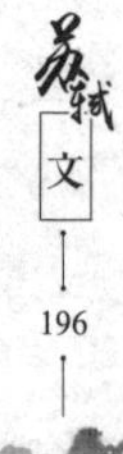

阮籍[13]之徒，以此全其真而名后世。嗟夫！南面之君，虽清远闲放如鹤者，犹不得好；好之，则亡其国。而山林遁世之士，虽荒惑败乱如酒者，犹不能为害，而况于鹤乎？由此观之，其为乐未可以同日而语也。”

山人听然而笑曰：“有是哉！”乃作放鹤招鹤之歌曰：“鹤飞去兮，西山之缺。高翔而下览兮，择所适。翻然[14]敛翼，宛将集兮，忽何所见，矫然而复击。独终日于涧谷之间兮，啄苍苔而履白石。鹤归来兮，东山之阴。其下有人兮，黄冠[15]草履，葛衣而鼓琴。躬耕而食兮，其余以汝饱。归来归来兮，西山不可以久留。”元丰元年十一月初八日记。

【注释】

① 放鹤亭：《大明一统志》卷一八《徐州》载：“放鹤亭，宋熙宁间云龙山人张天骥作于东山之麓。山人有二鹤，旦则望西山而放，暮则傍东山而归，故名。苏轼作记。”放鹤亭位于徐州云龙山上。

② 及：漫上。

③ 晦明：阴晴。

④ 俯仰百变：俯视、仰视之间，指气象变化万千。

⑤ 陂(bēi)田：指水边的田地。

⑥ 傃(sù)：向着，沿着。

⑦ “《易》曰”二句：语出《易经 · 中孚 · 九二》。鹤在北坡鸣叫，小鹤与之应和。阴，北面。

⑧ “《诗》曰”二句：语出《诗 · 小雅 · 鹤鸣》。鹤即使身处于低处，鸣叫声也能响彻云外。

⑨ 狎(xiá)：亲昵而不庄重。

⑩ 卫懿公好鹤则亡其国：据《左传 · 鲁闵公二年》记载，卫公好鹤，封给鹤各种爵位，让鹤乘车出行。狄人伐卫，卫国士兵发牢骚：“使鹤，鹤实有禄位，余焉能战?”卫国因而亡。

⑪《酒诰》:《尚书》篇名。据《尚书 · 康诰》序，周武王以商旧都封康叔，当地百姓皆嗜酒，所以周公以成王之命作《酒诰》来训诫臣民。

⑫《抑戒》:《诗 · 大雅》篇名。相传为卫武公所作，以规劝周厉王并警醒自己。

⑬ 刘伶、阮籍：皆魏晋时期名士，“竹林七贤”中人，追求自由逍遥，沉醉于酒，不问世事。

⑭ 翻然：指鹤转身敛翅。

⑮ 黄冠：黄色的冠帽，多为道士戴用。

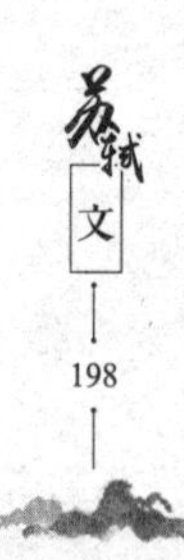

【简析】

这篇散文作于元丰元年 (1078) 农历十一月八日。熙宁十年(1077)徐州大水,张天骥迁居云龙山麓,并在山顶建亭。本篇就是苏轼为此亭所做的题记,文章分为三个部分。第一段为第一部分,从宏观视角交代了张山人所建放鹤亭所处位置的周边环境和地理特征,概括了徐州四季如诗如画的壮美风景。然后,再写张山人有“二鹤”,二鹤无拘无束,畅游在山间,或伫立在田地里,或翱翔于云端。朝出暮归,无忧无虑,隐含山人隐逸生活的惬意,也自然交代了放鹤亭的由来。第二段为第二部分,围绕鹤与酒的话题,苏轼展开了历史的引述和精辟的议论。通过列举《易经》《诗经》《左传》等经典,旁征博引阐述观点:君主之乐与隐士之乐“不可同日而语”。鹤被古人比作圣人君子,“超然于尘埃之外”,多为隐士文人所追求,卫公好鹤最终却亡国;而酒被看作酿成灾祸之源,刘伶、阮籍纵情于此,却为后人称赞保全性情。在此苏轼隐含着这样一个观点:外物对于人的利害不在于外物本身,而在于人之自己。有德之人万物不能相害,无德之人万物无不有害。由此引申到回归山林的隐士与鹤相伴、把酒吟欢的逍遥自在,何尝不是人生的快乐和向往呢?第三段为第三部分,写山人为苏轼的高论所折服,“有是哉”仅三个字,表达了山人的敬佩之情,同时也是作者调整行文节奏的自然过渡。随后苏轼采取《楚辞》骚赋体句式,写放鹤与招鹤之歌。歌中生动形象地将鹤的超凡脱俗表现得淋漓尽致!鹤之神情与作者之情志不谋而合,仙鹤已然与隐逸之人融为一体。结尾“归来归来兮，西山不可以久留”这两句使人不由得想起淮南小山《招隐士》中的诗句“王孙兮归来，山中兮不可以久留”，会想起陶渊明的《归去来兮辞》：“归去来兮，田园将芜胡不归？”而苏轼化用到这里，更加意味隽永，既是对鹤的深情呼唤，也是象征着苏轼渴望结束宦游生涯，早日归隐故里的情怀。文章结构清晰完整，笔触清新流畅，采用问答歌咏的方式来议论抒情，引古证今，抒发对闲云野鹤生活的神往，读来饶有趣味，尤其是将鹤寄寓于超凡脱俗之高雅中抒发作者的人生追求，甚为高明。

日　喻

生而眇[①]者不识日，问之有目者。或告之曰：“日之状如铜盘。”扣盘而得其声，他日闻钟，以为日也。或告之曰：“日之光如烛。”扪烛而得其形，他日揣籥[②]，以为日也。日之与钟、籥亦远矣，而眇者不知其异，以其未尝见而求之人也。道[③]之难见也甚于日，而人之未达也，无以异于眇。达者告之，虽有巧譬善

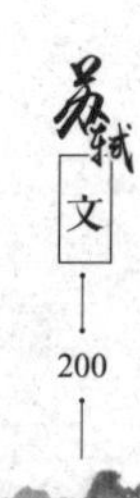

导，亦无以过于盘与烛也。自盘而之钟，自烛而之籥，转而相之，岂有既乎[4]！故世之言道者，或即其所见而名之，或莫之见而意[5]之，皆求道之过也。

然则道卒不可求欤？苏子[6]曰："道可致而不可求。"何谓致？孙武[7]曰："善战者致人，不致于人[8]。"子夏曰："百工居肆以成其事，君子学以致其道[9]。"莫之求而自至，斯以为致[10]也欤？南方多没人[11]，日与水居也，七岁而能涉，十岁而能浮，十五而能浮没矣。夫没者，岂苟然哉，必将有得于水之道者。日与水居，则十五而得其道。生不识水，则虽壮，见舟而畏之。故北方之勇者，问于没人，而求其所以没，以其言试之河，未有不溺者也。故凡不学而务求道，皆北方之学没者也。

昔者以声律取士，士杂学而不志于道；今者以经术[12]取士，士求道而不务学。渤海[13]吴君彦律，有志于学者也，方求举于礼部，作《日喻》以告之。

【注释】

① 眇（miǎo）：本指盲一只眼睛，此泛指盲者。

② 籥(yuè)：古代一种乐器，形如笛。

③ 道：事理、规律，中国传统文化中一个内涵极为丰富的概念。

④ “转而”二句：一物接一物地相互譬喻形容，没有止境。相，交互形容。既，尽也。

⑤ 意：通“臆”，即臆测、猜测。

⑥ 苏子：作者自称。

⑦ 孙武：字长卿，春秋末期齐国乐安人，著名的军事家、政治家，尊称兵圣或孙子(孙武子)。

⑧ “善战”二句：善战的人自己选择战地，不为敌人所招诱而求战。致人，意为引敌人来就我，把握主动权。不致于人，意为不使我屈就敌人，被对方所牵制。

⑨ “子夏”二句：各行业的工匠要在作坊里完成自己分内的工作，君子要学习达到实现道的目的。子夏，春秋末期思想家、教育家，名列“孔门七十二贤”和“孔门十哲”之一，尊称“卜子”。肆，手工业作坊。成其事，完成他的工作。学以致其道，指在实践中学习而获得。

⑩ 斯以为致：同“以斯为致”。意为这就叫作“致”吧。

⑪ 没人：能潜水之人。

⑫ 经术：指研究儒家经典的学问。

⑬ 渤海：隋代郡名，治所在今山东信阳南。吴彦律，名琯，苏轼知徐州时，吴为监酒正字，曾与苏轼诗文唱和。

【简析】

此文是元丰元年(1078)苏轼任徐州知州时所作，是其杂说中的代表。文章的篇幅虽然短小,却蕴含着深刻的哲理。文章从“生而眇者不识日”开始，描述了由于自己不能亲见,只能听别人描述形状，故无法对“日”有准确的认知，由此引出对无形“道”认知的思考。“道”作为中国传统文化的元范畴之一,蕴含极为丰富。本文所言之“道”应是事物的规律、原理之义。在此，苏轼提出了一个基本观点——“道可致而不可求”。“可致”即要自己亲自去获取,“不可求”指不能满足于别人的描述和介绍。同时，苏轼认为认识事物除了观察之外,还需要实践。为了证明实践的重要性，他又列举了一个关于潜水的故事，南方和北方相比有更多的能潜水之人，是因为南方人长期生活在水边,熟悉水性,然后又经过实践,所以能够做到潜水。苏轼在阐述道理的时候，利用故事进行讲解，达到了一种深入浅出的效果。文中“眇者识日”“北人没水”两个寓言性的比喻富有创造性，把抽象的道理说得具体、明白、易懂，让读者从故事当中自己有逻辑地悟出道理：眇者，未尝见而求之人则无法识日；士者，未尝学而求其道则无法得道。这也是此文的主旨，即认识事物必须全面，而且必须通过实践来检验是否正确。本文虽然是杂说,却吸收了议论文的优点，用两则寓言故事作为论据，使整篇文章的行文脉络非常简洁明了,给人以深刻的启迪。

三槐堂[1]铭并叙

天可必乎？贤者不必贵，仁者不必寿。天不可必乎？仁者必有后。二者将安取衷[2]哉？吾闻之申包胥[3]曰："人众者胜天，天定亦能胜人。"世之论天者，皆不待其定而求之，故以天为茫茫。善者以怠，恶者以肆，盗跖[4]之寿，孔颜[5]之厄，此皆天之未定者也。松柏生于山林，其始也困于蓬蒿，厄于牛羊；而其终也，贯四时阅千岁而不改者，其天定也。善恶之报，至于子孙，则其定也久矣。吾以所见所闻所传所闻考之，而其可必也审矣。国之将兴，必有世德之臣，厚施而不食其报，然后其子孙能与守文[6]太平之主共天下之福。故兵部侍郎晋国王公[7]，显于汉、周之际[8]，历事太祖、太宗，文武忠孝，天下望以为相，而公卒以直道不容于时。盖尝手植三槐于庭曰："吾子孙必有为三公[9]者。"已而其子魏国文正公[10]，相真宗皇帝于景德、祥符之间，朝廷清明天下无事之时，享其福禄荣名者十有八年。今夫寓物于人，明日而取之，有得有否。而晋公修德于身，责报于天，取必于数十年之后，如持左券[11]，交手相付。吾是以知天之果可必也。吾不及见魏公，而见其子懿敏公[12]，以直谏事仁宗皇帝，出入侍从将帅三十余年，位不满其德。天将复兴王氏也欤？何其子孙之多贤也！世有以

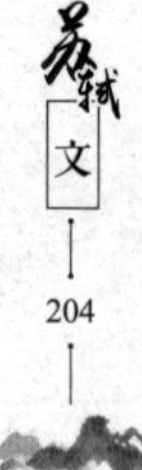

晋公比李栖筠[13]者，其雄才直气，真不相上下，而栖筠之子吉甫[14]，其孙德裕[15]，功名富贵，略与王氏等，而忠信仁厚，不及魏公父子。由此观之，王氏之福盖未艾也。懿敏公之子巩[16]与吾游，好德而文，以世[17]其家，吾是以录之。铭曰：

呜呼休[18]哉！魏公之业，与槐俱萌。封植之勤，必世乃成。既相真宗，四方砥平[19]。归视其家，槐阴满庭。吾侪小人，朝不及夕。相时射利，皇恤厥德[20]。庶几侥幸，不种而获。不有君子，其何能国？王城之东，晋公所庐。郁郁三槐，惟德之符[21]。呜呼休哉！

【注释】

① 三槐（huái）堂：北宋王祜（见后注⑦）家中的厅堂，因曾植三株槐树于庭院而得名。《清一统治》卷一八七："三愧堂，在祥符县（开封府治），城东门外。"

② 衷：折中，裁断。

③ 申包胥：春秋时楚国大夫，姓公孙，封地在申，故称申包胥。

④ 盗跖（zhí）：传说中春秋末期楚国奴隶起义领袖。盗，古代统治阶级对起义者的蔑称。

⑤ 孔颜：孔子及其弟子颜回。

⑥ 守文：遵守成法。

⑦ 晋国王公：王祐，后汉、后周时曾任司户参军、县令等职，宋初官至兵部侍郎，死后封晋国公。其家族修史时因避讳明孝宗朱祐樘之讳，后将“王祐”写成“王祜”或“王癗”。

⑧ 汉、周之际：指五代的后汉、后周。

⑨ 三公：西汉时以丞相、太尉、御史大夫合称“三公”，是臣子的最高职衔。宋仍沿用但已无实职。

⑩ 魏国文正公：指王旦，王祐的儿子，真宗咸平四年任参知政事，景德三年（1006）拜相。封魏国公，谥文正。

⑪ 左券：古代契约分左右两联，左契凭以索偿。券，契约。

⑫ 懿敏公：王素，王旦的儿子。宋仁宗时官至工部尚书，谥懿敏。

⑬ 李栖筠：字贞一，唐大臣，赵郡赞皇县（今河北赞皇）人，肃宗时，官给事中，后官浙西观察使。

⑭ 吉甫：李吉甫，字弘宪。宪宗元和二年（807）及六年（811），两度为相。

⑮ 德裕：李德裕，字文饶。历仕五朝，武宗时为相。

⑯ 巩：王巩，字定国，有文才，个性豪放不羁，终身不仕。

⑰ 世：文中用作动词，指继承家风。

⑱ 休：美善、喜庆之意。

⑲ 砥平：安定、平定。

⑳ “相时”二句：选择时机，追逐财利怎能顾及是否合

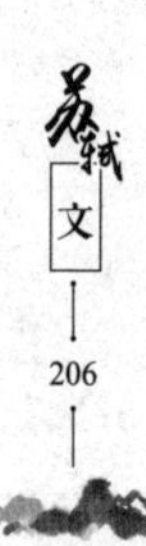

乎道德呢？相，选择。射利，见利则疾速求取如射箭。皇，通“遑”。何暇，怎能，常用于反问句。恤，顾惜。厥，通“撅”，其。

㉑ 符：祥瑞的象征。

【简析】

这篇铭文元丰二年(1079)正月前后作于徐州。此文是苏轼为好友王巩家中的“三槐堂”题写的铭词。该铭文由叙和铭两部分组成。叙是讲这篇铭文的由来，即作者写铭文的由头，铭是正体，主要歌颂王氏先祖王祐忠信仁厚、恩泽子孙的高尚德行，感召后人学习和效行王氏家风家训。叙文首先提出“天可必乎”和“天不可必乎”，质疑天道的有无。如果存有天道，为什么贤达之人不贵，仁爱之人不寿；如果说不存在天道，为什么仁贤之人往往有好的后人。天道有无，如何做出选择？苏轼没有直接回答这个问题，而是指出人世间的善恶报应与“天未定”“天定”有着密切的关系。比如“盗跖之寿，孔颜之厄”是因为“天未定”，而松柏虽遭践踏但四季常青，这是“天定”，是客观规律使然。苏轼强调善恶回报是有时间的，并不是即时即报，不能以暂时未报而否定天道的存在。至此，苏轼回答了开篇的诘问，确定了天道的存在。为了进一步论证天道存在的合理性，也是回到这篇铭文的主题，文章赞扬了王祐广积善德、忠厚传家的福报，再次肯定了天道的存在——“吾是以知天之果可必也”。最后，将晋国公王祐三代与唐朝李栖筠、李吉甫、李德裕三代做了对比，功名富贵不相上下，但在忠信仁厚上前者高于后者，所以，前者在积善行德的回报即福报方面也超过后者，以此进一步彰显了苏轼对“善有善报”天道思想的认可和肯定。铭文部分用四言韵语来赞颂王氏的三槐，既对王氏歌功颂德，又对小人进行了针砭。全文主旨明确，构思脉络清晰，论述极具条理性和逻辑性，有很强的说服力和感染力。

文与可画筼筜谷偃竹[①]记

竹之始生，一寸之萌[②]耳，而节叶具焉。自蜩腹蛇蚹[③]以至于剑拔十寻[④]者，生而有之也。今画者乃节节而为之，叶叶而累之，岂复有竹乎？故画竹必先得成竹于胸中，执笔熟视，乃见其所欲画者，急起从之，振笔直遂，以追其所见，如兔起鹘落，少纵则逝矣。与可之教予如此。予不能然也，而心识其所以然。夫既心识其所以然，而不能然者，内外不一，心手不相应，不学之过也。故凡有见于中而操之不熟者，平居自视了然，而临事忽焉丧之，岂独竹乎？子由为

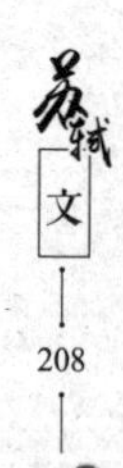

《墨竹赋》以遗与可曰："庖丁，解牛者也，而养生者取之[5]；轮扁，斫轮者也[6]，而读书者与[7]之。今夫夫子之托于斯竹也，而予以为有道者则非耶[8]？"子由未尝画也，故得其意而已。若予者，岂独得其意，并得其法[9]。

与可画竹，初不自贵重，四方之人持缣素[10]而请者，足相蹑[11]于其门。与可厌之，投诸地而骂曰："吾将以为袜。"士大夫传之，以为口实。及与可自洋州还，而余为徐州。与可以书遗余曰："近语士大夫：'吾墨竹一派，近在彭城，可往求之。'袜材当萃[12]于子矣。"书尾复写一诗，其略曰："拟将一段鹅溪[13]绢，扫取寒梢万尺长。"予谓与可："竹长万尺，当用绢二百五十匹，知公倦于笔砚，愿得此绢而已。"与可无以答，则曰："吾言妄矣。世岂有万尺竹哉？"余因而实之，答其诗曰："世间亦有千寻竹，月落庭空影许长。"与可笑曰："苏子辩[14]则辩矣。然二百五十匹绢，吾将买田而归老焉。"因以所画筼筜谷偃竹遗予，曰："此竹数尺耳，而有万尺之势。"筼筜谷在洋州，与可尝令予作《洋州三十咏》，《筼筜谷》其一也。予诗云：

"汉川修竹贱如蓬，斤斧何曾赦箨龙。料得清贫馋太守，渭滨千亩在胸中。"与可是日与其妻游谷中，烧笋晚食，发函得诗，失笑喷饭满案。

元丰二年正月二十日，与可没于陈州。是岁七月七日，予在湖州，曝书画，见此竹，废卷而哭失声。昔曹孟德[15]祭桥公[16]文，有"车过""腹痛"之语，而予亦载与可畴昔戏笑之言者，以见与可于予亲厚无间如此也。

【注释】

① 偃竹：倒伏而生的竹子。

② 萌：嫩芽。

③ 蜩（tiáo）腹蛇蚹：蜩腹，蝉的肚皮。蛇蚹，蛇腹下的横鳞。比喻竹新生的样子。

④ 寻：一寻等于八尺。

⑤"庖丁"三句：懂得养生之道的人，也应该像庖丁一样，顺其自然。《庄子·养生主》载：庖丁解牛的技艺高妙，因为他能洞悉牛的骨骼肌理，运刀自如，十九年解了数千只牛，其刀刃还同新磨的一样，毫无损伤。文惠君听了庖丁的介绍后，说："善哉！吾闻庖丁之言，得养生焉。"即领悟了顺其自然的养生之道。庖丁，厨师。

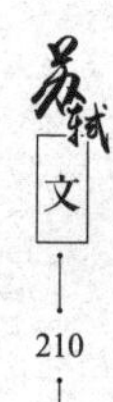

⑥“轮扁(biān)”二句：《庄子·天道》载：齐桓公在堂上读书，轮扁在堂下斫轮，轮扁停下工具，说桓公所读的书都是古人的糟粕，桓公责问其由。轮扁说：臣斫轮“不徐不疾，得之于手而应于心，口不能言，有数存焉于其间”，却无法用口传授给别人。斫(zhuó)，砍、雕。

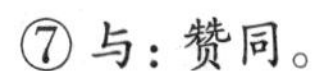

⑦与：赞同。

⑧“今夫夫子”二句：你寄托在画竹上的，我认为是竹子生长和形态的规律而已，不是吗？

⑨“并得”句：苏轼画墨竹的方法出自文同，画苑中常以文苏并称。

⑩缣(jiān)素：纺织品的统一称谓，洁白的叫素，带黄色的叫缣，古人用来写字作画用。

⑪蹑：踩。

⑫萃：丛生的草，意为汇聚。

⑬鹅溪：地名，今四川省盐亭县西北。

⑭辩：善辩，口才好。

⑮曹孟德：曹操，字孟德。

⑯桥公：一作“乔公”，名字不详，三国时期庐江郡皖县(今安徽潜山)人，是江东二乔的父亲。

【简析】

这篇文章写于元丰二年(1079)。文与可与苏轼为世交，且为儿女亲家。元丰二年正月，文与可病逝。这年七月，苏轼在湖州曝晒书画时，看到文与可的这幅遗竹，见物思情，抚今追昔，写下了这篇散文。此文既是一篇探讨绘画理论的随笔，又是一篇关于画家文与可的回忆录。全文分三段。第一段从文与可画竹的手法和经验写起，对此苏轼作了一个精彩而简洁的概括，“画竹必先得成竹于胸中，执笔熟视，乃见其所欲画者，急起从之，振笔直遂”，进而指出这个过程就像兔子刚跑出来，鹘鸟盯准目标后，急速降下一把抓住。以此比喻要捕捉创作灵感，不能让它“稍纵即逝”。第二段叙述了作者与文与可日常交往和生活中的趣事、细节，生动地再现了他们的深厚友谊和文与可的音容笑貌。“烧笋晚食，发函得诗，失笑喷饭满案”等文字极为传神，字里行间充满了苏轼对他们之间友谊的眷念。第三段说明写作此文的缘由和对文与可的深切怀念。这篇散文语言天然本色，朴素清新；全文好似从作者胸中自然流出，滔滔汩汩，毫无滞碍，所用语言不加雕琢，文从字顺，活泼流畅。此外，需要强调的是，这篇文章总结了文与可同时也是苏轼自己关于绘画的宝贵经验和艺术见解，其中“胸有成竹”之说涉及艺术的整体构思问题，“稍纵则逝”则为艺术创作中的捕捉灵感问题，“手心相应”则是强调实践在创作中的重要性问题。此外，“此竹数尺耳，而有万尺之势”指出了如何在有限的空间和篇幅中，创作无限的意境和气势等，这些都是非常重要的文艺理论问题，这些精辟的见解至今都有很强的现实指导意义。

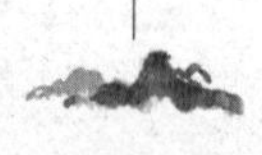

方山子[1]传

方山子，光、黄间隐人也[2]。少时慕朱家、郭解[3]为人，闾里之侠皆宗之[4]。稍壮，折节[5]读书，欲以此驰骋当世，然终不遇。晚乃遁[6]于光、黄间，曰岐亭[7]。庵居蔬食，不与世相闻。弃车马，毁冠服，徒步往来山中，人莫识也。见其所著帽，方屋而高，曰："此岂古方山冠[8]之遗像乎？"因谓之方山子。

余谪居于黄，过岐亭，适见焉。曰："呜呼！此吾故人陈慥季常也。何为而在此？"方山子亦矍然[9]问余所以至此者。余告之故，俯而不答，仰而笑，呼余宿其家。环堵萧然，而妻子奴婢皆有自得之意。余既耸然异之。独念方山子少时，使酒[10]好剑，用财如粪土。前十有九年，余在岐下[11]，见方山子从两骑，挟二矢，游西山。鹊起于前，使骑逐而射之，不获。方山子怒马独出，一发得之。因与余马上论用兵及古今成败，自谓一世豪士。今几日耳，精悍之色，犹见于眉间，而岂山中之人哉？

然方山子世有勋阀[12]，当得官，使从事于其间，今已显闻。而其家在洛阳，园宅壮丽，与公侯等。河北有田，岁得帛千匹，亦足以富乐。皆弃不取，独来穷山中，此岂无得而然哉？

余闻光、黄间多异人[13]，往往阳狂垢污，不可得而见。方山子傥[14]见之欤？

【注释】

① 方山子：即陈慥，字季常，陈希亮之幼子。

② “光、黄”句：光、黄，光州、黄州，两州连界。州治在今河南潢川。隐人，隐士。

③ 朱家、郭解：西汉时著名游侠，见《史记·游侠列传》。

④ 宗之：崇拜他，以他为首。宗，尊奉。

⑤ 折节：改变原来的志趣和行为。

⑥ 遁：遁世隐居。

⑦ 岐亭：宋时黄州的镇名，在今湖北麻城西南。

⑧ 方山冠：汉代祭祀时，乐师舞女所戴的帽子，唐宋时多为隐士所戴。

⑨ 矍(jué)然：吃惊注视的样子。

⑩ 使酒：喝醉酒后爱发脾气，任性而行。

⑪ 余在岐下：宋仁宗嘉祐七年(1062)，苏轼任凤翔府签判，时陈慥之父陈希亮知凤翔府。苏轼此时始与陈慥相识。岐下，指陕西凤翔，境内有岐山。

⑫ 世有勋阀：世代有功勋，属世袭门阀。

⑬ 异人：指特立独行的隐士。

⑭ 傥：偶然、意外。

【简析】

此文于元丰四年（1081）作于黄州。从名字来看这是一篇人物传记，然而苏轼却不遵守传统的写作手法。不像普通的传记一样，从姓名籍贯开始描写、记录这位人物的生平事迹，而是采用白描简笔的手法，选取了几幅不同的方山子的生活细节，勾画出一位曾经嗜酒弄剑、挥金如土的游侠，如今却隐逸在山林间，住着茅草屋、吃着素食的传奇人物。文中第一段介绍"方山子"名号的由来，全然不提其人的姓名籍贯，勾起读者的好奇心。第二段由苏轼的偶遇推出"方山子"的真实身份。老友异地相逢，对各自的境遇深感意外，这时方山子的"俯而不答，仰而笑"更是为他蒙上了一层神秘面纱。苏轼看到方山子当时的生活状态，"环堵萧然，而妻子奴婢皆有自得之意"。苏轼在吃惊之余，回想当年方山子可是爱酒好剑、花钱如粪土呀，进而回忆起十九年前在凤翔岐山见方山子打猎时，"怒马独出，一发得之"，以及他们当时在马上谈论兵法及古今成败得失的情形。想当年方山子自称是一代英豪，今天精明强悍之气仍在眉宇之间，他岂是山中普通之人。最后两段，苏轼通过介绍方山子的家世进一步揭示他远离世俗，隐逸生活并非贫困或是做官无门，而是因为不愿与世人同流合污而追求特立独行的高洁品格。全文整体表达了苏轼对方山子独特人生道路与超脱人生态度的赏识之情，同时也是借方山子之事抒发自己怀才不遇、看破红尘的郁郁之情。全文虽无一字怨恨，却透露出深深的无奈。需要指出的是，本文重细节描写略人物履历，以白描的手法勾勒人物形象，彰显人物性格的表现手法，值得重视。

赤壁赋

壬戌[①]之秋，七月既望[②]，苏子与客泛舟，游于赤壁之下。清风徐来，水波不兴。举酒属客[③]，诵明月[④]之诗，歌窈窕之章。少焉[⑤]，月出于东山之上，徘徊于斗牛[⑥]之间。白露横江，水光接天。纵一苇之所如[⑦]，凌万顷之茫然。浩浩乎如冯虚[⑧]御风，而不知其所止；飘飘乎如遗世独立，羽化[⑨]而登仙。

于是饮酒乐甚，扣舷而歌之。歌曰："桂棹兮兰桨，击空明[⑩]兮溯流光。渺渺兮予怀，望美人兮天一

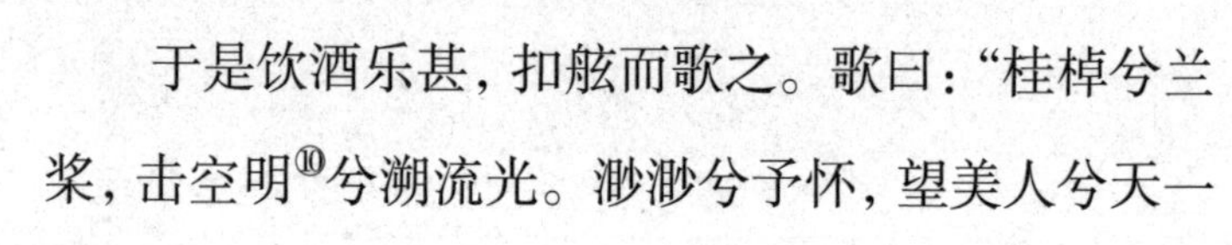

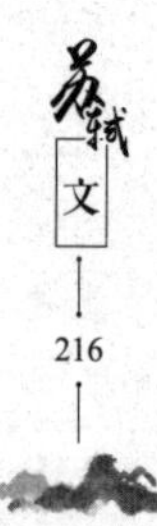

方。”客有吹洞箫者，倚歌[11]而和之。其声呜呜然，如怨如慕，如泣如诉，余音嫋嫋，不绝如缕。舞幽壑之潜蛟，泣孤舟之嫠妇[12]。

苏子愀然[13]，正襟危坐，而问客曰：“何为其然也？”客曰：“‘月明星稀，乌鹊南飞’，此非曹孟德之诗乎？西望夏口，东望武昌，山川相缪[14]，郁乎苍苍。此非孟德之困于周郎[15]者乎？方其破荆州，下江陵，顺流而东也，舳舻千里，旌旗蔽空，酾酒[16]临江，横槊赋诗，固一世之雄也，而今安在哉？况吾与子渔樵于江渚之上，侣鱼虾而友麋鹿。驾一叶之扁舟，举匏樽以相属。寄蜉蝣[17]于天地，渺沧海之一粟。哀吾生之须臾，羡长江之无穷。挟飞仙以遨游，抱明月而长终。知不可乎骤得，托遗响于悲风。”

苏子曰：“客亦知夫水与月乎？逝者如斯，而未尝往也；盈虚者如彼，而卒莫消长也。盖将自其变者而观之，则天地曾[18]不能以一瞬；自其不变者而观之，则物与我皆无尽也。而又何羡乎！且夫天地之间，物各有主。苟非吾之所有，虽一毫而莫取。惟江上之清风，与山间之明月，耳得之而为声，目遇之而成色；取之无禁，用之不竭。是造物者之无尽藏[19]也，而吾与子之所共适[20]。”

客喜而笑，洗盏更酌。肴[21]核既尽，杯盘狼藉。相与枕藉乎舟中，不知东方之既白。

【注释】

① 壬戌：宋神宗元丰五年(1082)，是苏轼因文谪居黄州的第三年。

② 既望：此指七月十六。农历每月十五称“望”，十六称“既望”。

③ 属客：向客人敬酒。

④ 明月：见《诗经·陈风·月出》：“月出皎兮，佼人僚兮。舒窈纠兮，劳心悄兮。”

⑤ 少焉：一会儿。

⑥ 斗牛：指斗宿(南斗)和牛宿(牵牛)。

⑦“纵一苇”句：一苇，像一片苇叶的小船。如，往。

⑧ 冯虚：凭虚，凌空而行。

⑨ 羽化：成仙。

⑩ 空明：指月光与江水相互照映，波光滟滟的影子。

⑪ 倚歌：按照歌曲节拍。

⑫ 嫠(lí)妇：寡妇。

⑬ 愀(qiǎo)然：脸色改变而憔悴起来。

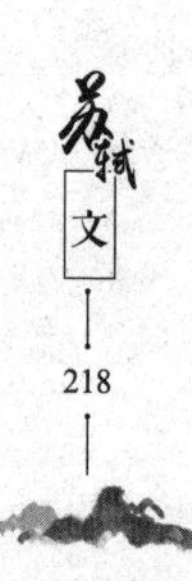

⑭ 缪(liáo):同"缭",盘绕。

⑮ 周郎:周瑜。

⑯ 酾(shī)酒:斟酒。

⑰ 蜉蝣:一种生存期极短的虫。

⑱ 曾(zēng):乃,竟然。

⑲ 无尽藏:佛教用语,指佛寺中储积各方所施舍的财物的地方,此处指无穷无尽的宝藏。

⑳ 适:这里是享用的意思。

㉑ 肴:菜肴。

【简析】

苏轼谪居黄州时,游览赤壁,写过两篇赋,此文是第一篇,又称《前赤壁赋》,作于元丰五年(1082)七月。初秋,苏轼与友人杨世昌月夜泛舟赤壁,写下这首千古名篇。文中作者从泛舟而游写到枕舟而卧,通过主客问答的方式表达了作者复杂的人生态度。一方面作者在现实生活中受到排挤打击,内心充满失意的苦闷,这在文章的前半部分有所体现。另一方面,作者又是一个心胸开阔、旷达乐观的文人。在文章后半部分,从"水与月"的变与不变的角度阐明了:变,意味着天地万物没有经久不变的,何曾有刹那间的停留;而不变,则意味着天地万物包括人类是长久不朽的,又何必嫌江水明月之永恒而哀叹"吾生之须臾"呢,何况"物各有主,苟非吾之所有,虽一毫而莫取”。这些认识表现了作者对宇宙、对人生的一种感悟，展现了他身处逆境仍然保持豁达、乐观和超然的人生态度和精神追求。整篇文章结构非常精巧，以“水”与“月”为张本，或描写，或抒情，或议论，而线索明晰，舒缓而不杂蔓，有行云流水之妙。语言也非常优美，或骈或散，音韵协和，富有节奏感和音乐感。此赋和《后赤壁赋》自然清旷，潇洒神奇，超凡脱俗，被公认为“一洗万古”，代表了宋赋创作的最高成就。

后赤壁赋

是岁十月之望，步自雪堂，将归于临皋①。二客从予，过黄泥之坂②。霜露既降，木叶尽脱。人影在地，仰见明月。顾而乐之，行歌相答。已而叹曰：“有客无酒，有酒无肴，月白风清，如此良夜何？”客曰：“今者薄暮，举网得鱼，巨口细鳞，状似松江之鲈。顾安所得酒乎③？”归而谋诸妇④。妇曰：“我有斗⑤酒，藏之久矣，以待子不时之需。”

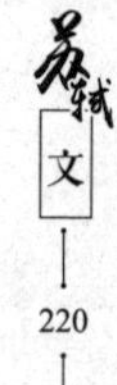

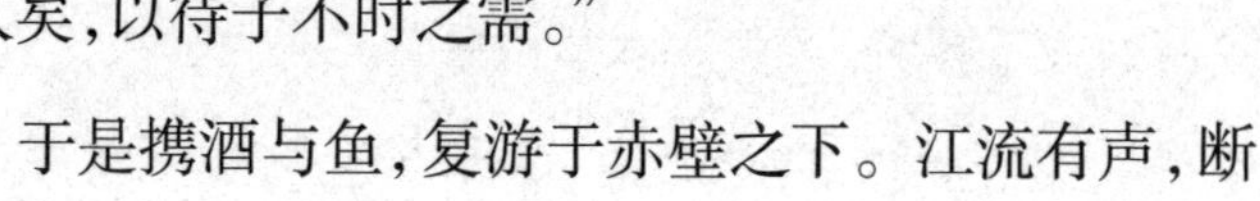

于是携酒与鱼，复游于赤壁之下。江流有声，断

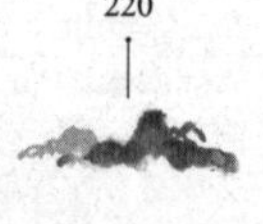

岸千尺。山高月小，水落石出。曾日月之几何[⑥]，而江山不可复识矣。予乃摄衣[⑦]而上，履巉岩[⑧]，披蒙茸[⑨]，踞虎豹[⑩]，登虬龙[⑪]，攀栖鹘之危巢，俯冯夷之幽宫[⑫]。盖二客不能从焉。划然长啸[⑬]，草木震动，山鸣谷应，风起水涌。予亦悄然而悲，肃然而恐，凛乎其不可久留也。反[⑭]而登舟，放乎中流，听其所止而休焉。时夜将半，四顾寂寥。适有孤鹤，横江东来。翅如车轮，玄裳缟衣，戛然长鸣，掠予舟而西也。

须臾客去，予亦就睡。梦一道士，羽衣翩跹[⑮]，过临皋之下，揖予而言曰："赤壁之游乐乎？"问其姓名，俯而不答。"呜呼噫嘻！我知之矣。畴昔[⑯]之夜，飞鸣而过我者，非子也邪？"道士顾笑，予亦惊寤。开户视之，不见其处。

【注释】

① 临皋(gāo)：亭名，在黄冈南长江边上。苏轼初到黄州时住在定惠院，不久就迁至临皋亭。

② 黄泥之坂(bǎn)：黄冈东面东坡附近的山坡叫"黄泥坂"。坂，斜坡，山坡。

③"顾安"句：但是从哪儿能弄到酒呢？顾，但是，可是。

安所，何处，哪里。

④ 谋诸妇：与妻子想办法。诸，之于。

⑤ 斗：一种盛酒的器具。

⑥"曾日月"句：曾，才、刚刚，也就是"曾几何时"。

⑦ 摄衣：提起衣襟。摄，提，牵。

⑧ 巉（chán）岩：高而险的山岩。

⑨ 蒙茸：蓬松杂乱的草木。

⑩ 踞虎豹：蹲坐在形似虎豹的山石上。

⑪ 虬（qiú）龙：比喻盘屈的树枝。

⑫ 冯（píng）夷之幽宫：此处指江水。冯夷，传说中水神河伯的名字。

⑬ 划然长啸：发出一声悠长而凄厉的声音。划然，象声形容词。

⑭ 反：同"返"，返回。

⑮ 翩跹：一作"蹁仙"。

⑯ 畴昔：往昔，日前。

【简析】

此文作于元丰五年（1082）十月十五日，是苏轼在写《赤壁赋》三个月以后的初冬重游黄冈赤壁时写下的一首小赋，此赋和《前赤壁赋》堪称姊妹篇，虽然两篇赋都写赤壁，但各有特点，明显不同。除了环境、气候、景色不同外，后赋更注重叙事、写景、追忆、虚幻，与前赋表达的思

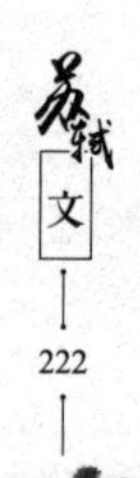

想也不同，前篇旷达乐观、展示了作者开朗的胸怀，后篇虚无缥缈，寄寓着超尘绝世的理想。两篇赋同是文学史上不朽的名篇。从“是岁十月之望”至“复游于赤壁之下”交代了出游的时间、原因、同行者、行程安排以及出游前的准备，写景抒情叙事一体，基调是欢快的。从“江流有声”到“掠予舟而西也”是全文的中心部分，作者主要着墨于山水，铺排与对仗结合，笔力奇绝，渲染一种肃穆而又安静清幽的气氛，天然的景物令人心境开阔，但又孤寂凄清，读来如身临其境。最后写到一孤鹤，引出下文梦中情景。梦中苏轼见到了化鹤的道士，寥寥几语，读之令人有茫然之感，此处也蕴含着作者本人的迷茫，作此赋时，苏轼正处于受人讦告而郁郁不得志之时，在此状态下出游赤壁，自有感怀，道士之语可以说是对自己的反问，但答案不言而喻，内心愤懑不平，又岂能做到毫无杂念地去游山玩水。“鹤”在中国古代文学中象征着君子与隐士，在此处借以表达了苏轼慕仙出世的思想。同时，孤鹤高雅、孤立、挺拔的形象也寄托了苏轼超凡脱俗的志趣。此外，文章写景真切、细致，用语形象、精美。如“木叶尽脱，人影在地”“山高月小，水落石出”等，极具画面感和很强的表现力。

记承天寺[1]夜游

元丰六年十月十二日，夜，解衣欲睡，月色入户，欣然起行。念无与为乐者，遂至承天寺，寻张怀民[2]。怀民亦未寝，相与步于中庭。庭下如积水空明[3]，水中藻荇[4]交横[5]，盖竹柏影也。何夜无月，何处无竹柏，但少闲人如吾两人者耳。

【注释】

① 承天寺：故址在今湖北黄冈城南。

② 张怀民：苏轼的朋友，字梦得，一字偓佺，清河（今河北清河）人。当时也被贬到黄州，寓居承天寺。

③ “庭下”句：月色洒满庭院，好似积水充满了院落，清澈透明。

④ 藻荇（xìng）：均为水生植物，这里指水草。

⑤ 交横：交错纵横。

【简析】

此文作于元丰六年（1083），此时是作者经历了“乌台诗案”后被贬黄州做一个闲官的第四年。作者月夜前往承天寺，寻找同样被贬至此的好友张怀民，一同散步赏

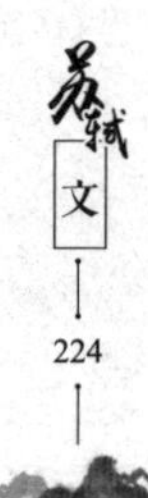

月。“庭下如积水空明，水中藻荇交横，盖竹柏影也”明明是要写月色之皎洁纯澈，可偏偏不从月色入手，反而写那庭院好似有了积水，竹柏的影子好似水中交织的藻荇，这三句可谓神来之笔，给读者以无限的审美感受和想象空间。“何夜无月，何处无竹柏”接连两个问句，意在推出“但少闲人”一句，作者用意也正在此句，苏轼此时被贬黄州，有职无权，十分清闲，自称“闲人”。这个“闲人”既是苏轼的自嘲，也是他在黄州真实情况的写照。不过，这种“闲”细品下来，既有对繁忙琐事的解脱，也有超脱名利、去留无意、宠辱不惊的“心闲”。同时，也存在着表面轻松而实际上失落和郁郁不得志的苦闷。此篇记游短文，文虽短情意却浓厚，行文如流水一般顺畅，读来真淳自然，灵气十足，耐人寻味，完全是一篇融自然景物与人文哲理于一体的抒情散文诗。

石钟山记

《水经》[①]云：“彭蠡[②]之口，有石钟山焉。”郦元[③]以为下临深潭，微风鼓浪，水石相搏[④]，声如洪钟。是说也，人常疑之。今以钟磬[⑤]置水中，虽大风浪不能鸣也，而况石乎！至唐李渤[6]始访其遗踪，得双石于潭上，扣而聆之，南声函胡[7]，北音清越，枹[8]止响腾，余韵徐歇。自以为得之矣。然是说也，余尤疑之。石之铿然[9]有声者，所在皆是也，而此独以钟名，何哉？

元丰七年六月丁丑，余自齐安[10]舟行适临汝[11]，而长子迈将赴饶之德兴尉，送之至湖口，因得观所谓石钟者。寺僧使小童持斧，于乱石间择其一二扣之，硿硿[12]焉。余固笑而不信也。至莫夜[13]月明，独与迈乘小舟至绝壁下。大石侧立千尺，如猛兽奇鬼，森然欲搏人；而山上栖鹘，闻人声亦惊起，磔磔[14]云霄间；又有若老人咳且笑于山谷中者，或曰："此鹳鹤[15]也。"余方心动欲还，而大声发于水上，噌吰[16]如钟鼓不绝，舟人大恐。徐而察之，则山下皆石穴罅[17]，不知其浅深，微波入焉，涵澹[18]澎湃而为此也。舟回至两山间，将入港口，有大石当中流，可坐百人，空中而多窍，与风水相吞吐，有窾坎镗鞳[19]之声，与向之噌吰者相应，如乐作焉。因笑谓迈曰："汝识之乎？噌吰者，周景王之无射[20]也；窾坎镗鞳者，魏庄子之歌钟也[21]。

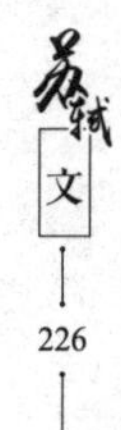

古之人不余欺也!”

事不目见耳闻,而臆断其有无,可乎?郦元之所见闻,殆[22]与余同,而言之不详;士大夫终不肯以小舟夜泊绝壁之下,故莫能知;而渔工水师,虽知而不能言。此世所以不传也。而陋者乃以斧斤考[23]击而求之,自以为得其实。余是以记之,盖叹郦元之简,而笑李渤之陋也。

【注释】

①《水经》:我国第一部记述河道水系的地理著作,此书简要记述了全国137条主要河流的水道情况,仅10万多字,记载简略。

② 彭蠡(lǐ):今江西鄱阳湖。

③ 郦(lì)元:郦道元,北魏人,地理学家,作《水经注》四十卷,注文生动优美。

④ 搏:击,拍。

⑤ 磬(qìng):古代打击乐器,形状像曲尺,用玉或石制成。

⑥ 李渤:唐朝洛阳人,写过一篇《辨石钟山记》。

⑦ 函胡:同“含糊”,重浊而模糊。

⑧ 枹(fú):木制鼓槌。

⑨ 铿(kēng)然：形容敲击金石所发出的响亮的声音。

⑩ 齐安：今湖北黄冈。

⑪ 临汝：汝州(今河南临汝)。

⑫ 硿(kōng)硿：金石相撞击的声音。

⑬ 莫夜：晚上。

⑭ 磔(zhé)磔：鸟鸣声。

⑮ 鹳(huān)鹤：水鸟名，似鹤而顶不红，颈和嘴都比鹤长。

⑯ 噌(cēng)吰(hóng)：象声词，多以形容钟声。

⑰ 罅(xià)：裂缝。

⑱ 涵澹：水摇荡的样子。

⑲ 窾(kuǎn)坎(kǎn)镗(tāng)鞳(tà)：象声词，形容水石相击的声音，犹如钟鼓声。

⑳ 无射(yì)：《国语》记载，周景王二十三年(前522)铸成"无射"钟。

㉑ "魏庄子"句：魏庄子，春秋时晋国大夫，谥庄子。歌钟，编钟。

㉒ 殆：大概。

㉓ 考：敲打。

【简析】

此文元丰七年(1084)写于江西湖口。这是一篇游记散文，作者通过探究石钟山名称的由来而得出"纸上得来

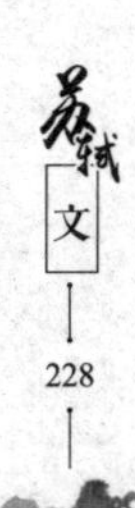

终觉浅，绝知此事要躬行”的人生道理。开篇第一段提出问题，写郦道元和李渤对“石钟山”名称由来的看法，然后对这两种说法提出怀疑。第二段记叙作者过湖口，乘舟亲自至“石钟”处仔细探究石钟山钟声的由来，首先否定了寺僧使小童持斧发声之说，然后继续与长子苏迈乘小舟探索。此段写得非常形象生动，“大石侧立千尺，如猛兽奇鬼，森然欲搏人”，云霄间有栖鹘惊起，叫声磔磔，山谷中回荡着鹳鹤如老人边咳边笑的怪声。整个场景阴森恐怖，令人毛骨悚然。正当苏轼担惊受怕，打算返回之际，从水上发出巨大的声音，像钟鼓敲个不停，船夫非常害怕。等声音逐渐平息后，他们发现山下的石洞和裂缝，波浪涌进去，抨击回荡，发出了这种声音，由此肯定了“钟”的由来。整个过程非身临其境不可能写得如此具体。彰显了这次考察的真实性，同时也渲染了它的不易性，一般人很难在夜里驾着小船来这里考察。第三段抒发议论，有考察的亲历，明确提出“事不目见耳闻，而臆断其有无”是不行的这一中心论点。最后一段议论也值得细细体味，苏轼评价郦道元说得不详细，士大夫不肯亲自考察不知缘由，渔人水手知道缘由却说不准确，批评“陋者”只知表面就自以为是，实际上暗含讽刺意味，说明凡事欲究其原因必须要亲身实践、深入探析。另外，需要强调的是，此文中心突出，结构严谨，比喻贴切，行文流畅，尤其是写景堪称一绝，读来如临其境，如闻其声；水石相搏的情形及其声音的模仿、描绘也非常细腻真切。姚鼐《古文辞类纂》卷五十六引方苞语“潇洒自得，子瞻诸记中特出者”。

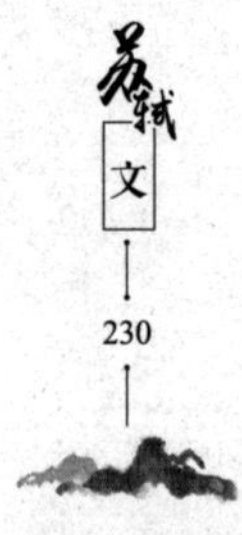

后记

中国矿业大学苏轼研究院自2011年成立以来，立足于苏轼任徐州知州约两年的时间潜心政事、关注民生、遗爱徐州的政绩和遗迹，以及留下的诗词文赋的研究，相继出版了《苏轼徐州诗文辑注》《遗爱千载苏徐州——苏轼徐州文化价值研究》《苏轼徐州名篇诗文赏析》三本书。同时，借助研究院的学术平台，培养了十几名硕士研究生，目前在读研究生还有四名。他们的学位论文和发表的一些文章，都丰富和充实了苏轼文化的研究和传播。

2021年年底，为了进一步推进苏轼文化进校园，更加广泛地加大苏轼文化的普及与传播力度，以促进校园文化的建设工作，研究院决定组织编写《大学生苏轼诗词文诵读精选》。研究院在讨论中认为苏轼诗词文数量庞大，介绍其作品的书籍也很多，要求这次编写的读本需把握三点：第一，篇目精练，成书开本小巧，便于携带；第二，所选作品具有代表性，通俗易懂；第三，尽量选择清新活泼、充满激情、富含励志和催人奋进的篇目，以满足青年大学生的审美情趣和要求。总的原则是“篇目须是精品，注释务求准确，简析凝练到位”。研究院决定由我们两人负责此书的选注工作。接下任务后，我们首先是挑选文章，在“篇目须是精品”的原则下，具体把握以下四点：第一，诗词文各占一部分，以诗词为主；第二，选择苏轼作品中在思想性和艺术性上都具有代表性的篇目；第三，清新活泼，脍炙人口，便于诵读；第四，在上述三条的前提下，相对多选一些苏轼在徐州创作的作品。在选择过程中，我们主要查阅了《苏轼全集校注》（河北人民出版社）、《苏轼词编年校注》（中华书局）、《苏轼诗集合注》（上海古籍出版社）、《苏东坡词全编》（四川文艺出版社）等书籍，共选出诗49篇、词38篇、文15篇，计102篇。苏轼作品浩如烟海，精品犹如天上的繁星，选择的标准也见仁见智，加之我们的水平和认知有限，难免挂一漏万，遗漏掉一些珍品，在此只能抱憾。

书目确定后，我们按照“注释务求准确，简析凝练到位”的编写原则和具体的体例要求，组织研究生在导师的指导下，分工撰写了初稿。初稿出来后，我们两人逐篇进行了增删修改，对注释进行了校勘，力求严谨准确，应注尽注，在对简析的修改中，注意对体例统一把关，力求抓住义理神韵，简明精彩，并且在简析的字数和风格上大体一致。在统稿过程中，我们充分吸收了前人的研究成果，先后参阅了《苏轼词编年校注》《苏轼词集合注》《苏轼诗文词选译》《苏轼诗词选》《苏轼徐州诗文名篇赏析》《苏东坡黄州名篇赏析》。此外，还参阅了其他一些研究成果，恕不能一一列举，在此一并感谢。在选编和成稿过程中，苏轼研究院的罗承选、管仁福、蔡世华、闫续瑞、文艳蓉各位教授和其他老师以及两届研究生们，给予了许多支持和帮助，提出了不少宝贵意见。没有他们的指导和付出，不可能完成此书，在此表示衷心的感谢。由于编稿较为仓促，加之我们水平有限，尽管几经修改、反复打磨，谬误和瑕疵也在所难免，敬请专家和读者批评指正！

邓心强　李贞

2023 年 1 月